BOSS VICIEUX

FRÈRES BRATVA LIVRE 2

WILLOW FOX

SLOWBURN
PUBLISHING

Boss Vicieux

Frères Bratva Livre 2

Willow Fox

Publié par Slow Burn Publishing

© 2022

v2

Traduction par sarahas2

Relecture par marie_frcy

Cover Design by MiblArt

Tous droits réservés.

UN

Luka

La brune assise de l'autre côté du bar fixe son téléphone, faisant défiler son fil d'actualité. Son tabouret de bar pivote alors qu'elle tourne de droite à gauche, incapable de rester immobile.

La fille rayonne littéralement. Elle est radieuse et sexy dans une robe bustier rouge foncé.

J'ai envie de la lui arracher.

Elle est là pour un rencard, ou pour voir des amis ? Une fille dans son genre ne vient pas ici seule. Pas si elle est intelligente et veut être prudente.

Je ne suis pas là pour draguer mais la brune a retenu mon attention. Je ne peux pas détourner mon regard d'elle.

Je suis là pour boire avec Mikhail, profiter de la nuit encore longue. Le bar est de plus en plus animé au fur et à mesure que la foule grossit.

Je la regarde de loin. Je ne peux pas détacher mon regard, mais elle n'a même pas levé les yeux ou jeté un regard dans ma direction.

Elle est concentrée sur son foutu téléphone.

C'est quoi le problème des gamins de nos jours ? Ok, techniquement ce n'est pas une gamine. Elle a été contrôlée à l'entrée de l'établissement, ce qui lui donne au moins 21 ans, mais elle est jeune. Elle pourrait avoir vingt-cinq ans, et je suis juste nul pour deviner les âges. Mais il n'y a aucune chance qu'elle soit proche de mon âge - elle est loin d'avoir trente ans, et je suis à quelques années de la quarantaine.

Quand est-ce que je suis devenu si vieux ?

L'idée de me poser est inexistante. Je ne suis pas le genre d'homme à avoir une famille. Cela ne ferait que mettre leur vie en danger. Je ne crée pas de liens romantiques.

Je profite de ma jeunesse, ou du moins de ce qu'il en reste, en me retrouvant dans le lit de femmes toutes différentes pour leur montrer ce que c'est que d'être satisfaite.

— Un verre ? demande Mikhail.

— Je m'en occupe, dis-je.

Je sais ce qu'il aime, et je me dirige vers le bar. Il y a à peine assez de place pour se tenir debout, et le barman disparaît à l'arrière. Il prend une pause cigarette ?

Je pousse un gros soupir. A ce rythme, je vais passer la nuit ici à attendre de pouvoir commander un whisky.

Je n'attends pas pour demander la permission. Je passe derrière le comptoir comme si j'étais le propriétaire de l'endroit et je prends deux verres et le meilleur whisky sur l'étagère du haut.

— Je voudrais un Fuzzy Navel, dit la brune.

Elle est un peu sèche dans son ton, et elle lève enfin les yeux de son téléphone. Elle a les yeux les plus bleus que j'ai jamais vus.

Je finis de servir le verre de Mikhail et je la regarde.

— Vous avez été sur votre téléphone toute la nuit, dis-je.

Elle serre les lèvres.

— Vous m'avez regardé ? Elle se tortille, mal à l'aise sous mon regard, comme si je la jugeais.

Je prends un verre vide et les ingrédients pour satisfaire sa demande de boisson.

Il n'y a pas de raison de mentir. J'ai déjà avoué avoir remarqué qu'elle était préoccupée et seule.

— C'est difficile de ne pas remarquer la plus belle femme du bar, dis-je en faisant glisser son verre sur la table. Tiens, je te l'offre

Je rapporte à la table les verres que j'ai servis à Mikhaïl et à moi-même.

— Tu en as mis du temps, murmure Mikhail.

— Désolé, j'ai été distrait par cette brune sexy qui boit seule.

Mikhaïl n'essaye même pas d'être discret en regardant la fille à la robe écarlate.

— Elle est plutôt pas mal. Jeune. Mais tu as toujours couru après des filles de la moitié de ton âge.

— Et pas vous ?

Mikhail n'est pas un saint.

— On n'est pas en train de parler de moi, dit-il en prenant une gorgée de son whisky. Tu veux repartir avec elle.

Ce n'est pas une question. Il connaît déjà la réponse. Il ne s'agit pas de ce que je veux, cependant. Je suis ici pour le surveiller, m'assurer qu'il passe un bon moment et qu'il rentre bien chez lui.

Je ne m'inquiète pas qu'il rentre chez lui sobre. C'est un bratva et le Pakhan, le chef de la meute. Mon patron et mon mentor. Ce qui m'inquiète, c'est la mafia italienne et le cartel colombien. Nos deux plus grands ennemis peuvent se rapprocher de nous à tout moment.

Je dois être vigilant et protéger Mikhail. Je suis son garde du corps, et si je ne suis pas avec lui, Nikita le surveille de près.

— Va lui parler. Ça ira. L'endroit est bondé mais je peux m'en sortir.

Il veut dire qu'il n'y a aucun de nos ennemis qui boivent ici ce soir. J'en suis reconnaissant.

— Si vous insistez, dis-je, sans attendre que Mikhail change d'avis.

Je lui lance les clés. Il en aura besoin pour rentrer ce soir.

Je peux appeler un taxi ou un service de covoiturage pour retourner à la propriété. J'ai mon téléphone dans la poche de ma veste et mon portefeuille dans mon pantalon. Je suis trop habillé pour le bar, mais j'ai enlevé ma veste et l'ai passée sur mon bras.

Je ne reste pas plus de quelques secondes à la table avec Mikhail, avalant mon whisky avant de retourner au bar.

Le barman est toujours absent. Est-il parti ?

Les yeux bleus quittent son téléphone quand je me dirige vers le bar.

— J'en prendrais bien un autre, dit-elle, comme si j'étais censé me souvenir de ce qu'elle a commandé.

Si j'étais barman, je ne suis pas sûr que j'aurais gardé la commande de chaque client en tête. Mais c'était juste une chose de plus à retenir. Et elle est inoubliable.

— Un Fuzzy Navel, dis-je en me glissant derrière le bar. (Je lui prépare un deuxième verre et le lui glisse avant de passer de l'autre côté.) Où est ton petit ami ? demandé-je.

Elle porte le verre à ses lèvres et me regarde.

— Tu veux dire mon ami qui m'a posé un lapin ? Elle fait un geste vers le couple à quelques mètres de là, qui s'embrasse contre le mur.

— Ils devraient se trouver une chambre, dis-je.

Elle boit son verre et se lève.

— Je devrais juste y aller. C'est fini pour ce soir.

— La nuit est encore longue. C'est vendredi, et qu'est-ce que tu as prévu en rentrant chez toi ?

J'imagine qu'elle va se glisser dans son lit et dormir seule.

— Un bain moussant chaud si je pars maintenant, dit-elle en regardant sa montre.

Elle évite mon regard enflammé, et plus je la fixe, plus ses joues brûlent.

Il est difficile de s'entendre par-dessus l'agitation de la foule. Je me penche, mes lèvres effleurant son oreille.

— Et c'est ce que tu préfères faire ce soir ? demandé-je, m'assurant qu'elle peut m'entendre.

Je jurerais la sentir frissonner.

Sa respiration est plus profonde, et ses yeux s'assombrissent alors qu'elle me regarde fixement.

— Non, sa voix couine.

Elle déglutit et lèche ses lèvres sèches. Un léger souffle d'air s'échappe.

— Tu ne dois pas tenir le bar ?

Je jette un coup d'œil vers le bar et lui fais un grand sourire.

— Je pense que tout est sous contrôle.

Elle bouge contre le tabouret, et je jure qu'elle frotte l'intérieur de ses cuisses l'une contre l'autre, se balançant légèrement, appliquant une pression juste au bon endroit.

Je passe mes doigts dans ses cheveux, balayant les boucles derrière son cou. Mon toucher est doux et apaisant.

— Donc, tu préfères être dans un bain moussant plutôt qu'ici, à profiter de la musique et de l'atmosphère ? chuchoté-je.

— Ce n'est pas si mal, avoue-t-elle.

Un sourire s'étend sur mon visage.

— Bien. Tu veux jouer au billard ? Je peux te montrer comment faire si tu n'as jamais joué.

— Bien sûr.

— Au fait, je m'appelle Luka, dis-je pour me présenter.

— Hannah.

Je prends sa main et la guide loin du tabouret. Ça fait un moment que je n'ai pas joué, mais je peux l'impressionner même en étant rouillé.

J'attrape le triangle et installe la table.

— Tu as déjà joué ? demandé-je.

— Une ou deux fois.

Je prends les boules et les mets dans le triangle, mettant le jeu en place.

— Tu veux casser ? demandé-je.

— C'est quand je commence ? demande-t-elle curieusement.

J'ai l'impression de me faire avoir.

J'acquiesce. J'envisage de faire un pari, en suggérant de la faire sortir si elle gagne, mais je ne fais pas de rencard. Ce n'est pas mon genre.

— Ok, dit Hannah.

Je rassemble les queues de billard et lui en donne une. Je prends la craie et lui montre comment l'appliquer sur le bout de la queue de billard avant de la lui donner pour qu'elle l'utilise.

— Ne rentre pas la boule huit avant la fin. Et tu dois dire quel trou tu joues.

— Ça fait beaucoup de règles à retenir.

Elle pose son verre vide sur une table voisine.

— Tu veux un autre verre ? demandé-je.

— Tu essaies de me soûler pour que je perde ?

Je ris doucement.

— Je n'ai jamais dit que j'étais un gentleman.

Elle mord sa lèvre inférieure et prépare son coup, en me regardant par-dessus son épaule.

— Si je gagne, tu paies la prochaine tournée.

Je peux vivre avec ce pari.

— C'est parti.

La fille est une dure à cuire et une experte du billard. Je n'ai pas droit à un seul coup. Elle fait rentrer une boule après l'autre, gagnant un deuxième, un troisième, un quatrième tour, avant de choisir le trou pour la boule huit.

Je n'aime pas perdre, surtout face à une fille.

— Difficile de croire que tu n'as joué qu'une ou deux fois.

— Une ou deux fois par semaine, dit Hannah, ayant omis ce détail important plus tôt.

— Qu'est-ce que tu bois ? demandé-je.

Je n'ai pas l'intention d'y aller doucement avec elle au prochain tour. Elle est forte, mais je ne veux pas perdre.

— La même chose que tout à l'heure, dit-elle.

Je n'aime pas la laisser seule, même pour une minute. Un autre homme pourrait arriver et capter son attention. Je suis rapide et me précipite vers le bar, lui commandant un autre Fuzzy Navel. Elle est à l'autre bout de la salle, et c'est difficile de la voir avec la foule ce soir.

Je suis de retour aussi vite que possible, et déjà, un abruti essaie de rivaliser pour son affection. Jamais de la vie, mon pote.

— Tu es canon, dit le petit inconnu blond, en reluquant Hannah.

Mon souffle caresse son oreille alors que je me penche pour m'assurer qu'elle m'entende, ainsi que l'idiot qui essaie d'attirer son attention.

— Hey, bébé. Voilà ton verre, dis-je en le lui tendant.

Je pose ma main sur le bas de son dos de manière possessive. Elle n'est pas à moi, mais j'ai l'intention de changer ça ce soir.

— Merci, elle pousse un soupir de soulagement et sirote son verre.

Comme le type qui se tient à moins de trente centimètres ne semble pas avoir compris, elle m'attrape par la cravate et baisse ma tête vers ses lèvres.

Son audace me surprend, mais c'est rafraîchissant, même si elle le fait juste pour se débarrasser de cet homme pitoyable qui tente de la draguer.

C'est la fille la plus canon de la pièce. J'ai de la chance qu'elle ne m'ait pas envoyé promener. Je ne suis pas du tout à la hauteur.

Ses lèvres recouvrent les miennes, et je la serre plus fort, plus près. Je veux la dévorer.

Mes doigts la serrent contre moi. Elle a un goût de fraise, et je suis affamé.

La musique retentit, le rythme est rapide, j'ai du mal à me concentrer avec mon cœur qui bat la chamade à cause de sa bouche collée à la mienne. Je veux la baiser mais pas ici. Elle est trop bien pour les toilettes ou pour une baise rapide dans une allée.

Cette fille porte la sophistication comme si c'était une couronne, et elle est la reine.

Nos baisers sont fiévreux et pleins de passion. À chaque souffle échangé entre nous, ma tête s'élève au-dessus des nuages, comme si je flottais dans l'air. C'est presque comme si elle était une drogue et moi un accro.

Hannah se retire finalement et passe une main dans ses cheveux ébouriffés, en respirant lourdement.

— Merci.

— Pour le verre ou pour t'avoir aidé à échapper à cet idiot ?

Ses joues brûlent, et elle sourit faiblement, en baissant les yeux. Elle est gênée par le baiser ? Quel homme sain d'esprit, au sang chaud, ne voudrait pas l'embrasser ?

— De rien, dis-je, n'ayant pas besoin de plus d'explications. Que dirais-tu d'une autre partie de billard ? demandé-je.

— Laisse-moi deviner, tu veux commencer ?

— C'est équitable vu que je n'ai pas eu mon tour.

Elle porte le verre à ses lèvres et en boit une gorgée.

— Bien sûr, tu peux y aller et essayer de me battre.

Défi accepté.

Hannah prend son téléphone et déverrouille l'appareil photo.

— Viens là, dit-elle en avalant une nouvelle gorgée de son verre avant de le poser sur le bord de la table de billard.

Je secoue la tête et j'agite mon doigt vers elle.

— Aucune chance.

J'ai mes raisons pour lesquelles je déteste être devant un appareil photo, pas qu'elle ait besoin d'en connaître une.

— Qu'est-ce que tu veux dire, non ? Tu as trois ans ? Hannah rit et m'attrape le bras. Souris.

Elle soulève le téléphone et enroule un bras autour de mes épaules, me tirant plus près pour une photo.

Je force un sourire. Ce n'est pas que je n'apprécie pas le temps passé avec elle, mais je ne sais pas qui verra la photo, et j'ai fait tout mon possible pour garder un profil bas.

Hannah regarde la photo, sans être convaincue qu'elle a terminé.

— Une autre, dit-elle, et cette fois, je lui adresse un sourire sincère, ne serait-ce que pour qu'elle arrête de prendre des photos.

Je n'aurais jamais pensé qu'elle était du genre à aimer photographier chaque moment de sa vie.

Elle prend deux photos, puis je pose mes lèvres sur les siennes et elle en prend une autre. Le monde disparaît momentanément autour de nous et je l'attire contre moi. Son corps est chaud et se fond dans mon étreinte.

— Tu veux partir d'ici ? demandé-je, rompant le baiser assez longtemps pour parler.

Hannah hoche la tête et je prends sa main, la conduisant vers l'entrée principale. Elle sort ses clés, ses mains tremblantes.

— Je n'ai jamais fait ça avant.

L'expression sur mon visage doit trahir ma surprise. Elle est vierge ?

— Je veux dire rentrer chez moi avec un inconnu.

Je marche avec elle dehors dans le froid. Le printemps arrive à grands pas, mais il ne fait pas encore chaud.

— On n'est pas vraiment des inconnus. Tu connais mon prénom.

Elle a raison, cependant, nous ne savons rien d'autre l'un de l'autre. Je sais qu'elle est bonne au billard, et si jamais on joue en équipes, je la veux dans la mienne.

Hannah est troublée, et je suis la raison de sa nervosité.

— On n'est pas obligés de faire ça, dis-je en posant mes mains sur les siennes. On peut juste en rester là. Profiter du moment que l'on a passé ensemble.

Elle geint tout bas.

— J'en ai envie. Je suis juste stupidement nerveuse.

— Stupidement nerveuse ? demandé-je, le sourire s'élargissant sur mon visage. Ça, c'est nouveau.

Je n'ai jamais entendu personne utiliser cette terminologie avant. Mais les membres de la bratva n'admettraient jamais qu'ils sont nerveux, et ce sont les seules personnes que je fréquente.

Hannah est un changement de rythme agréable, même si c'est seulement pour une nuit.

Il y a une innocence en elle. Une douce perfection qui, une fois brisée, ne peut jamais être reconstituée.

Quand on en aura fini, elle ne sera plus jamais la même.

Je vais la ruiner de la meilleure façon possible.

DEUX

Hannah

Trois ans plus tard ...

— Tous ces préparatifs de mariage sont fatigants. Tu as de la chance de ne pas être mariée, dis-je.

Je retire ma tenue de travail. On est vendredi, et je devrais me réjouir de l'arrivée du week-end, mais je dois travailler demain.

La journée de travail est terminée, mais je ne suis pas prête à rentrer à la maison et à affronter Mark ou mon enfant, Bay.

Madisyn me lance un regard.

— Organiser ton mariage est censé être amusant.

— Eh bien, ça ne l'est pas. Mark ne veut pas s'impliquer. Il me laisse tout faire, ce qui est bien parce qu'on ne se dispute pas, mais je trouve aussi ça stressant. Parfois, ce serait bien que quelqu'un d'autre que moi ait une opinion sur le mariage.

— Je peux aider, non pas que j'aie déjà organisé un mariage, mais je suis sûre que je peux passer en revue les fournisseurs pour le grand jour, dit Madisyn.

Je glousse doucement.

— Qu'est-ce que tu vas faire, enquêter sur leurs passés ? Ça semble un peu radical, Madisyn, même pour toi.

— Je voulais dire chercher parmi leurs anciens clients et les critiques sur leurs services. Ou je pourrais simplement venir avec toi, dit Madisyn. Je te promets que je ne te donnerai des conseils que si tu en as besoin.

— Tu es si désespérée que ça de t'éloigner de ton petit ami avec qui tu viens d'emménager - c'est quoi son nom déjà ? demandé-je.

— Mikhail, dit-elle, et ses joues rougissent. Et non, je propose mon aide parce que je veux sincèrement être là pour toi. Tu as été une bonne amie pour moi, et je veux te rendre la pareille.

— C'est gentil. Mais si tu veux être là pour moi, pourquoi ne pas me dire où tu as disparu ces deux derniers mois ?

J'étais curieuse de savoir pourquoi elle avait soudainement quitté son travail. Elle ne semble pas en mauvaise santé ou en deuil, mais peut-être avait-elle un client privé dont elle s'occupait à la demande de la clinique ? Personne au travail ne savait où elle avait disparu depuis plusieurs semaines.

Mais elle a gardé son travail et n'a pas été réprimandée, pour autant que je sache. Je ne peux pas m'empêcher de me demander dans quoi elle s'est fourrée.

— Tu ne me croirais pas si je te le disais, dit Madisyn.

— Essaie. Je croise mes bras sur ma poitrine. Si nous sommes amies, ne mérité-je pas la vérité ?

— Je travaillais pour le FBI. Ce travail était juste une couverture.

Elle n'est pas sérieuse.

Madisyn ne sourit pas, mais c'est l'excuse la plus bidon que j'ai jamais entendue. Ça n'a même pas de sens !

— Très bien, ne me dis pas la vérité.

J'enfile mes bottes d'hiver noires, je les lace bien serrées. Ça ne sert à rien de rester en colère contre elle plus de trente secondes. Son histoire est entièrement la sienne. Si elle ne veut pas me le dire, je dois respecter sa vie privée.

— On devrait aller boire un verre après le travail. Je meurs d'envie d'aller danser et d'avoir une nuit de repos. Mark me laisse passer une soirée entre filles. Donc, tu dois venir, dis-je.

J'avais envie d'une soirée pour me détendre, et Madisyn est la personne parfaite pour conquérir le monde à mes côtés. En plus, Bay se réveille toutes les nuits avec des cauchemars, et j'ai besoin de quelques heures de temps pour moi ou au moins de temps pour me détendre avec ma nouvelle meilleure amie et me relaxer.

Rapidement, elle quitte sa tenue de travail et me pose une douzaine de questions, comme celle de savoir si je le laisse garder ma fille, Bay.

Bien sûr, qui d'autre pourrait la surveiller ? Il va être son père. Et même s'il n'est pas très excité par la corvée des couches, il reste un adulte responsable.

Et puis, on ne peut pas prendre Bay dans un bar ou une boite de nuit.

Je prends mon téléphone dans mon casier. Je ne peux pas m'empêcher de me vanter de ma petite fille, de voir combien elle a grandi et combien elle est adorable. Cet enfant est la seule chose dont je suis vraiment fière, l'élever et le faire toute seule.

Madisyn enfile ses chaussures et attrape mon téléphone, parcourant mes photos.

— Tu ferais mieux de ne pas avoir de nudes là-dessus, prévient-elle.

Des nudes ? Mark ne se laisserait pas prendre en train d'enlever sa chemise pour une photo, encore moins d'être nu. Il a un beau corps, mais il a tellement de complexes.

— Ce n'est rien que tu n'aies déjà vu, et non, Mark est assez prude.

J'ai essayé de lui proposer de prendre des photos coquines et d'essayer des jouets dans la chambre, mais il s'oppose toujours à tout ce que je propose. Il apprécie la même glace à la vanille à chaque fois qu'il se rend chez le glacier.

J'essaie d'être gentille. C'est genre l'euphémisme du siècle.

— Quel dommage, Madisyn dit et tressaille.

Elle laisse tomber mon téléphone contre le banc, et il frappe le sol avec un bruit sourd.

Je viens d'acheter ce téléphone il y a un mois. Je lui donne un coup sur le bras. Peut-elle être encore plus négligente ?

— Madisyn ! Si tu casses mon téléphone, tu vas payer pour le faire remplacer.

Madisyn grimace et se penche pour attraper le téléphone. En le retournant, elle l'examine.

— Qui est ce type ?

Mon souffle se bloque dans ma gorge quand elle mentionne le selfie de mon coup d'un soir. Luka et moi avons pris une photo ensemble avant de rentrer chez moi.

Expirant un souffle nerveux, je récupère le téléphone.

— Le père de Bay. Mon coup d'un soir. Je devrais supprimer cette photo, mais j'ai pensé que Bay pourrait vouloir la voir un jour.

— Et il n'est pas dans la vie de Bay. Pourquoi ? demande Madisyn.

Elle n'évite pas les questions difficiles.

Je passe une main dans mes cheveux. Mon estomac est rempli de papillons. Rien que de parler de lui, ça me rend nerveuse. Il y a aussi de la colère qui bouillonne sous la surface parce qu'il m'a menti, et je suis tombée dans le panneau.

— Ce salaud m'a donné un faux numéro et il ne travaillait pas au bar comme il me l'a fait croire. Je ne sais même pas si Luka est son vrai nom. C'est mieux comme ça, dis-je, voulant changer de sujet. Je vais me marier dans quelques mois, et Luka ne sera toujours qu'un lointain souvenir du passé.

Madisyn se racle la gorge.

— Je le connais, Hannah. Il travaille avec Mikhail. Son nom est Luka Ivanov.

L'air est volé de mes poumons, et je m'affale sur le banc, ayant besoin d'une minute pour m'asseoir.

— Depuis combien de temps ? râlé-je.

De la sueur perle sur mon front et je penche la tête en avant, essayant d'expirer par la bouche tandis que mon estomac s'agite.

Elle se laisse tomber à côté de moi, une main sur mon dos.

— Quelques mois. Je n'en avais aucune idée ; que veux-tu que je fasse ? demande Madisyn.

— Je vais être malade. Cette soirée est censée être sympa, une soirée entre filles loin de la maison.

— Respire, dit-elle, en me faisant respirer profondément. Concentre-toi à inspirer par le nez et à expirer par la bouche.

— Ça ne marche pas.

Je tremble. Mon corps entier est rempli d'une pléthore d'énergie que je n'arrive pas à libérer.

De l'adrénaline.

— Regarde-moi, Hannah.

Sa voix est forte et stable, et même si ma vision vacille, elle est mon roc.

Je lève les yeux vers elle, et ma respiration se calme un peu.

— Bien, dit-elle. Maintenant, expire.

Je pousse un lourd soupir et passe mes mains dans mes cheveux. Déjà, je me sens moins étourdie et plus stable.

— Tu as souvent des crises de panique ? demande Madisyn.

— Ce n'était pas—

Son regard désapprobateur me force à fermer la bouche.

— Non, dis-je. Je ne l'aurais pas classé comme une crise de panique, mais c'était quelque chose que je ne voulais pas revivre. Désolé pour ça.

— Tu n'as pas besoin de t'excuser, dit Madisyn. Elle attrape son sac à main et son téléphone. Et si on se retrouvait en bas dans 10 minutes ? Je vais appeler chez moi et prévenir Mikhail que je serai en retard.

— Ok. Peux-tu ne pas lui parler de Luka ?

Un large sourire apparaît sur son visage.

— C'est ce par quoi j'allais commencer. Tu veux dire que je ne devrais pas ?

Mon Dieu, qu'elle est effrontée ! Je serre les lèvres.

— Je sais que tu plaisantes.

— Relaxe. Je ne dirai rien à Mikhail sur le fait que Luka est le père de ton bébé.

Je grimace quand elle utilise cette terminologie.

— On peut ne pas faire ça ? S'il te plaît. (Je me lève et attrape mon sac, remettant mon téléphone à l'intérieur.) Mais éventuellement, je vais devoir parler à Luka. Mais ne l'appelons pas le père de mon bébé. D'accord ?

— Tu veux que je l'invite à sortir ce soir ? demande Madisyn.

— A la soirée entre filles ?

Ma voix se bloque dans ma gorge. C'est la pire des idées. Je ne suis pas prête à le voir après trois ans. Je n'ai pas de vêtements décents, je ne suis pas coiffée ni maquillée. Ça ne devrait pas avoir d'importance. Je suis fiancée, mais je veux quand même être présentable. Je ne le dirai pas à Madisyn, mais je veux être splendide quand je verrai Luka.

Madisyn se dirige vers la porte.

— À bien y réfléchir, je préfère être une mouche sur le mur, pas une spectatrice à la table. Les choses pourraient être délicates.

Ma mâchoire tombe, et je m'étouffe avec ses mots. Il n'y a aucune chance que Madisyn soit avec nous quand j'annoncerai à Luka que notre petite aventure s'est terminée par la naissance d'une petite fille de trois kilos neuf mois plus tard.

— Ouais, tu n'es pas invitée quand je dirai à Luka qu'il est le père de Bay.

— D'accord, dit Madisyn, en levant les mains en signe de reddition.

Elle ne semble pas le moins du monde offensée, et je n'ai pas l'intention de l'insulter, mais ce n'est pas une conversation à aborder entre amis quand on balance ce genre d'enclume à un coup d'un soir.

— Dix minutes ?

— Ouais, dis-je, et elle s'en va, le téléphone à la main.

Je suppose qu'elle va parler à son petit ami.

Je passe un peigne dans mes cheveux et mets un peu de rouge à lèvres avant de descendre. Madisyn doit être prête maintenant. Je jette un coup d'œil à mon téléphone. Il n'y a pas d'appels manqués. Pas de textos de Mark. Ce n'est pas le genre de petit ami à m'appeler ou à m'envoyer des textos pendant la journée. Je mets ça sur le compte du fait qu'il sait que je suis occupée et que je n'ai pas le temps de bavarder.

Je compose son numéro et il faut attendre trois sonneries avant que Mark ne prenne l'appel.

— Tout va bien ? demande-t-il.

— Oui, je voulais juste te dire bonjour.

— Je suis un peu occupé là, dit Mark. Bay est encore à la maternelle. Je passerai la prendre en rentrant à la maison. Je n'ai pas oublié.

— Ok, merci.

J'ai toujours l'impression d'être une gêne quand j'appelle.

Il raccroche sans même un au revoir.

— Oui, je t'aime aussi, me dis-je à voix basse.

J'essaie d'être compréhensive. Je reconnais qu'il est débordé, que c'est la période la plus chargée de l'année pour son travail.

Mais ça craint quand même que j'aie l'impression d'être une seconde pensée, si ce n'est même ça. Peut-être une troisième.

C'est probablement les hormones qui me travaillent et j'ai besoin d'une soirée loin de Mark pour m'amuser, me détendre et me relaxer.

TROIS

Luka

— Une chance que je puisse vous convaincre de sortir ce soir ? demandé-je, en passant ma tête dans le bureau de Mikhail.

— Madisyn ne va pas me laisser aller rôder en ville avec toi, dit Mikhail. Mais elle vient d'appeler et organise une soirée entre filles avec une de ses amies de travail. Je veux que tu sois leur chaperon.

— Chaperon ?

Ce n'est pas ce que j'avais en tête pour ce soir, babysitter sa petite amie et m'assurer qu'elle ne s'attire pas d'ennuis.

— Vous ne faites pas confiance à Madisyn ?

Je fais un pas de plus dans le bureau et ferme la porte derrière moi. Bien qu'elle ne soit pas là pour entendre notre conversation, je ne veux pas que d'autres hommes commencent à parler. C'est comme ça que les rumeurs se propagent.

Le regard noir de Mikhail se durcit.

— Elle est enceinte, et avec le cartel dehors, et la mafia, je préfèrerais qu'elle ait un garde du corps. De plus, il y a assez de sales types dehors dont il faut s'inquiéter et qui n'essaient pas de m'atteindre. J'ai besoin de savoir qu'elle est en sécurité.

— Monsieur, je ne pense pas qu'elle appréciera qu'on se pointe à sa soirée entre filles.

Ne comprend-il pas l'intérêt d'une soirée entre filles ?

Madisyn veut qu'on la laisse tranquille, et il n'a pas à s'inquiéter de sa loyauté. Cette fille est fascinée par lui. Il n'y a aucune chance qu'elle aille voir ailleurs.

— Je n'ai pas dit « nous ». J'ai dit « tu ».

Je grommelle tout bas.

— Super.

Si j'ai de la chance, elle ne me jettera pas un verre à la figure, mais Madisyn peut être un peu tête brûlée et ne va pas prendre à la légère le fait que j'ai l'ordre de la surveiller au bar.

— Je vais m'assurer qu'elle ne commande que des boissons sans alcool, monsieur. (Je regarde ma montre.) Savez-vous dans quel bar elle va ? Ce serait plus facile de savoir où je dois aller pour garder un œil sur elle.

Mikhaïl jette un coup d'œil à son téléphone et m'envoie l'adresse par sms.

— Prends Nikita avec toi si tu veux être discret.

— Madisyn n'est pas stupide, monsieur. Elle saura qu'on est là pour la surveiller. C'est mieux si j'y vais seul.

— Comme tu veux, mais assure-toi qu'elle rentre bien à la maison.

————

Je suis assis dans une banquette au fond du bar, le dos appuyé contre le mur, le regard tourné vers la porte. J'observe et j'attends que Madisyn se montre.

J'ai l'intention de rester à l'écart, de la laisser s'amuser, et si des problèmes se présentent, je serai là pour l'aider.

Madisyn entre dans le bar, met ses lunettes de soleil surdimensionnées sur sa tête et se dirige vers le bar.

— Hannah, chuchoté-je en reconnaissant la fille qui suit derrière Madisyn.

Elle me noue l'estomac. La fille n'a pas l'air d'avoir vieilli d'un jour par rapport à la dernière fois que je l'ai vue. Bien sûr, elle ne porte plus sa robe rouge vif, mais elle est toujours aussi sexy dans un jean serré et un pull bleu ciel.

Madisyn se penche en avant pour attirer l'attention du barman et passe une commande. Je traverse le bar, incapable de détacher mon regard d'Hannah.

La dernière fois que je l'ai vue, nous retournions son salon dans un feu de passion.

On passe la porte d'entrée en titubant, et je la ferme d'un coup de pied. Je la fais tourner, nos lèvres soudées alors que je la plaque contre la surface en bois.

Elle frissonne et gémit alors que je trace un chemin de baisers le long de son cou.

Ses doigts se prennent dans mes cheveux, me tirant plus près avant qu'elle ne prenne le contrôle, me poussant en arrière, ses lèvres mordillant les miennes.

Un sourire malicieux se répand sur mon visage. Ses mains arrachent les boutons de ma chemise, détachant le tissu.

Je ne pensais pas qu'elle avait ça en elle, mon petit pétard.

Elle fixe ma poitrine, ses mains parcourent ma peau, lentement et attentivement.

Je la soulève avec facilité, la plaquant contre le mur. Maladroitement, nous passons d'un mur à l'autre. Un cadre photo tombe sur le sol. Il se brise alors que nous luttons sans but, incapables de nous séparer ne serait-ce qu'un instant.

Elle tient compte de ma rudesse et n'a pas peur de ma force.

Sa respiration est profonde et rauque, et ma bite palpite à l'idée de sentir ses lèvres s'enrouler autour de sa longueur.

Je me débarrasse de ce souvenir lointain. M'exciter ne va pas m'aider ce soir. Elle est hors limites si elle est l'amie de Madisyn. En plus, j'ai pour règle de ne pas baiser la même fille deux fois.

La dernière chose que je veux c'est de me retrouver coincé.

Mais pourquoi est-ce que je traverse le bar à grandes enjambées pour m'assurer qu'elle me remarque ?

Je veux être vu. Je veux qu'elle se souvienne de moi parce que j'étais le meilleur coup qu'elle n'ait jamais eu. Je devrais rester sur mon cul, caché dans le fond, et empêcher Madisyn de m'exploser à la figure.

Sauf que je ne peux pas faire ça.

Alors que je ne me souviens pas du nom de la plupart des filles au bout de quelques mois, Hannah est différente. Je me souviens encore de son appartement et de l'odeur de cannelle et d'épices qui m'a accueilli à la porte. Le goût de la fraise sur ses lèvres et la sensation de son corps serré autour de ma queue, palpitant au rythme de ses gémissements.

Nous avons mis la pagaille dans cet endroit, détruit ses meubles, cassé son lit et fait s'écrouler la table basse en bois. Ça me fait encore sourire, la passion qui s'est enflammée. On a même eu les flics appelés deux fois pour tapage nocturne.

Ses joues s'enflamment.

Oh ouais, elle se souvient de moi.

QUATRE

Hannah

Que fait Luka ici ?

— Tu l'as dit à ton petit ami ?

Je ne peux pas m'empêcher d'accuser Madisyn. Sinon, pourquoi Luka se serait-il pointé au bar et se serait dirigé vers nous ?

Je n'aurais pas dû lui confier mon secret !

— Seulement que je sortais prendre un verre avec une amie.

Elle tourne sur ses talons et plante un doigt dans la poitrine de Luka à son approche.

— Qu'est-ce que tu fous ? C'est Mikhail qui t'envoie ? Madisyn est furieuse. Il ne me fait pas confiance ? C'est pour ça que tu nous espionnes ?

Luka se racle la gorge et force un sourire dans ma direction avant de reporter son attention sur Madisyn.

— Baisse le ton d'un cran.

— Je le ferais si tu n'étais pas un barbare, dit Madisyn.

— Qu'ai-je fait pour t'offenser ? demande Luka.

Il est calme, incroyablement calme pour faire face à Madisyn, qui est sur le point de le frapper. Mais il est plus grand qu'elle et bien plus musclé. Il ne serait pas difficile pour lui de la maîtriser s'il le voulait.

— A part te pointer sans être invité !

Il pourrait être garde du corps pour des célébrités ou des milliardaires avec son physique et sa rudesse. Je ne sais pas ce qu'il fait dans la vie. Ce n'est pas quelque chose dont nous avons discuté la dernière fois que je l'ai vu. Nous étions trop occupés à arracher les vêtements de l'autre.

— Tu fais une scène, prévient Luka.

Son ton est menaçant, il désapprouve son comportement. Mais il n'a pas posé un doigt sur elle. Il lève le bras et fait signe au barman de s'approcher. Il avait commencé à s'approcher un peu plus tôt, mais un regard sur l'échange houleux entre eux, et il est parti comme s'il s'agissait d'une querelle d'amoureux.

Heureusement, ce n'était pas le cas. Pour autant que je sache, Luka et Madisyn ne sont pas ensemble. Elle est heureuse avec Mikhail.

Mais je ne connais pas vraiment le statut de Luka. Je n'ai jamais demandé à Madisyn s'il voyait quelqu'un. Ca ne devrait pas avoir d'importance. Je suis fiancée. Je suis censée être heureuse d'organiser mon mariage. Je l'organise, mais la partie « heureuse » est parfois discutable.

Je suis sûre que ce sont juste mes nerfs, la peur, et Luka Ivanov, le père de ma fille, me regarde fixement.

— Qu'est-ce que tu veux ? demande Luka.

— Pardon ? Je suis surprise par sa question.

Luka fait un geste vers le barman qui attend de prendre nos commandes.

— Qu'est-ce que tu bois ? C'est moi qui invite, dit-il en proposant de payer la note, au moins pour cette tournée.

— Bien sûr que c'est toi qui invites, dit Madisyn.

Son regard vacille, et il plonge la main dans sa poche arrière pour y récupérer son portefeuille. Il ouvre le portefeuille noir à deux volets et prend sa carte de crédit, qu'il fait glisser sur le comptoir pour payer nos verres.

— Je vais prendre un Fuzzy Navel, dis-je en donnant ma commande au barman.

— Quelque chose pour vous ? demande le barman à Madisyn.

— Un soda au gingembre, dit Madisyn en échappant à l'emprise de Luka.

— Où vas-tu ? demande Luka.

Madisyn gémit et jette ses mains en l'air.

— Aux toilettes ! Elle part en trombe vers le fond du bar, et il s'écarte du bar.

— Laisse-lui de l'espace et de l'intimité, lui dis-je.

Il soupire lourdement et s'appuie contre le bar.

Je m'assieds sur le tabouret, nos genoux se frôlant l'un l'autre.

— Comment ça va ? demandé-je, en essayant de la jouer cool.

Je veux dire, qu'est-ce que je suis censée faire ? Je ne sais rien de lui, et je ne suis pas sûr de savoir comment lâcher la bombe : tu es papa.

Dès que le barman revient avec ma boisson, je la sirote rapidement, l'utilisant comme une distraction temporaire.

— Je vais bien, dit Luka. (Ce n'est pas un homme qui a l'air de sourire beaucoup, mais les coins de ses lèvres se plissent vers le haut.) Et toi, alors ? Je ne savais pas que Madisyn et toi étiez amies.

— Collègues, dis-je. Cependant, j'aime à penser que nous sommes en train de devenir amies. Qu'est-ce que tu fais ici ? C'est parce que son petit ami est jaloux et ne supporte pas l'idée qu'elle s'amuse sans lui ?

— Il m'a envoyé pour garder un œil sur elle et s'assurer qu'elle ne fait rien de stupide.

— Elle ne va rien faire de stupide. C'est toi qui es stupide.

Il glousse à ma remarque.

Ce n'est pas censé être drôle, mais je défends mon amie, même si j'ai l'air puérile dans ma réprimande.

— Détends-toi. Je ne suis pas venu ici pour faire un combat de boxe. Je suis là en tant que conducteur désigné.

Je serre mes lèvres l'une contre l'autre.

— Le métro est à quelques rues d'ici. Il y a aussi un taxi. Et je n'ai pas besoin d'un conducteur désigné, et à première vue, Madisyn ne commandera pas d'alcool. Tu peux rentrer chez toi.

Pense-t-il que nous ne pouvons pas prendre soin de nous-mêmes ? Je me suis occupée de moi-même d'aussi loin que je me souvienne et de mon enfant sans l'aide de personne.

Il lève les mains.

— Je ne cherche pas à me battre, dit Luka.

— C'est un peu tard pour ça, murmuré-je.

Il détourne le regard pour éviter tout contact visuel. Son attention se porte sur le couloir du fond, où Madisyn a disparu quelques minutes plus tôt pour aller aux toilettes.

Est-il captivé par Madisyn ?

— Tu as un faible pour elle ? Parce qu'elle sort avec quelqu'un, dis-je.

J'avale le reste de mon verre et je fais signe au barman pour en avoir un autre. Si je dois avoir affaire à Luka, il va m'en falloir plusieurs comme ça. Tant mieux si c'est sur sa note.

— Elle sort avec mon patron, et non, je n'ai de *faible* pour personne.

Ma bouche est sèche, et je me lèche les lèvres, en détournant le regard.

— Ok, je dis et expire une légère bouffée d'air. Tu es grincheux. Quelqu'un a manqué sa sieste de l'après-midi.

— Je ne fais pas de sieste.

Eh bien, peut-être qu'il devrait. Ça marche pour Bay quand elle est grincheuse.

Madisyn sort des toilettes, la tête haute, passe devant Luka et attrape le tabouret de bar pour s'asseoir à côté de moi.

— Je t'ai manqué ?

Son attention est entièrement portée sur moi, et elle ne feint pas de jeter un coup d'œil dans la direction de Luka, même s'il est en train de planer juste à côté de moi.

Elle l'ignore.

Est-ce que ça va marcher ?

— Tu n'imagines pas à quel point, dis-je.

La prochaine fois qu'elle va aux toilettes, on y va ensemble.

Luka comprend l'allusion et quitte notre espace.

— Je serai là-bas si vous avez besoin de quelque chose les filles, dit-il en faisant un geste vers le coin du bar.

— Ce ne sera pas le cas, dis-je et je pousse un soupir de soulagement lorsqu'il se dirige vers sa place au fond du bar, à une table toute seule.

C'est un peu pathétique qu'il soit coincé ici, à regarder Madisyn.

J'attends qu'il soit hors de portée de voix.

— C'est quoi ce bordel, Madisyn ? Pourquoi il te suit ?

Elle attrape son soda au gingembre et en boit une gorgée, évitant mon regard brûlant.

— Alors ?

— Mikhail est un peu surprotecteur. Il est inquiet parce que je suis enceinte. Enfin, je pense que c'est pour ça qu'il a envoyé son garde du corps pour garder un œil sur nous.

— Tu es enceinte ? crié-je.

Ses yeux s'écarquillent, et elle me fait signe de baisser d'un ton.

— Oui, mais je ne le dirai à personne. Du moins pas au travail. Tu dois garder le secret.

A qui le dirai-je ?

— Bien sûr. Je le promets, dis-je en lui donnant mon petit doigt.

Elle rit, jetant un coup d'œil à mon geste de la main avant de croiser son petit doigt avec le mien.

— J'ai l'impression d'être de nouveau en CE2. Tu as parlé de Bay à Luka ?

— Tu te souviens de son prénom. (Je rigole et je regarde dans la direction de Luka. Il est assis à l'arrière, derrière Madisyn. Il n'est pas difficile de lui lancer un regard subtil sans qu'il le remarque.) Non, ce n'était pas le bon moment.

— Ce ne sera jamais le bon moment. Et je te jure que je ne l'ai pas invité ce soir.

— Je sais. Il était évident, avec la dispute entre vous deux, que tu ne t'attendais pas à ce qu'il soit là. Tu en veux à Mikhail de l'avoir envoyé ?

— Je n'en suis pas heureuse, dit Madisyn. (Elle termine son soda au gingembre et fait signe au barman de s'approcher.) Je vais prendre un Shirley Temple.

Elle sourit et fait signe à Luka.

Qu'est-ce qu'elle manigance ?

Le barman passe quelques minutes à préparer nos boissons avant de les faire glisser sur le comptoir.

— Merci, dis-je en prenant la mienne, profitant du léger tournis que cela me donne.

Je n'aurais probablement pas dû sauter le déjeuner.

CINQ

Luka

Est-ce que Madisyn peut éviter les ennuis pendant cinq minutes ?

Soupirant lourdement, je me lève et m'approche des deux filles. Je devrais rester loin d'Hannah, mais je ne peux pas. La vérité est que je ne veux pas. Mikhail s'est enfin posé, et il est heureux.

Je n'ai jamais pensé que je voudrais cette fille, mais à les voir ensemble, c'est difficile de ne pas être jaloux.

Les lumières sont tamisées dans le bar, et la foule est de plus en plus bruyante. Je m'approche du duo perturbateur et attrape le verre de Madisyn.

— Qu'est-ce que tu fais ? demande Hannah, en glissant du tabouret de bar. Elle se place entre son amie et moi, bloquant Madisyn.

Hannah ne sait probablement pas que Madisyn est enceinte. Et ce n'est pas à moi de le lui dire.

Je contourne Hannah et attrape la boisson rouge, reniflant le liquide. C'est difficile de dire s'il y a de l'alcool dedans ou pas. Je prends une gorgée.

C'est doux et pas du tout fort ou amer. Je ne sens aucune trace d'alcool.

— C'est un Shirley Temple, connard, dit Madisyn en me frappant le bras. Rends-moi mon verre.

Je rends le verre et recule d'un pas, hors de portée.

Hannah croise ses bras sur sa poitrine.

— Tu vas t'expliquer ?

Super, elle défend Madisyn. Je fais signe au barman et commande un whisky. Le verre de Madisyn est encore plein, et Hannah sirote sa boisson de fille.

Cette nuit est gravée dans ma mémoire, et je ne peux m'empêcher de fantasmer sur le fait de déshabiller Hannah et de la baiser.

A-t-elle laissé une telle impression sur moi ? Je remue, mal à l'aise à cette idée, et mon regard se promène sur son décolleté.

— Elle n'est pas censée boire de l'alcool, dis-je en croisant son regard. Je voulais m'assurer que le barman ne s'était pas trompé dans sa commande.

Hannah roule les yeux.

— Ce n'est pas à toi de décider ce qu'elle commande.

Bien qu'elle ait raison, c'est à moi de protéger Madisyn. Et si Hannah est avec elle ce soir, alors elle est aussi sous ma responsabilité.

Madisyn sirote son Shirley Temple et attrape la main d'Hannah, l'entraînant sur la piste de danse. Je garde la place d'Hannah au bar, veillant à ce que personne ne touche à leurs boissons.

Les filles dansent et repoussent plusieurs hommes qui s'intéressent à elles. Je garde un œil sur elles pour m'assurer qu'elles ne soient pas dérangées ou harcelées par quelqu'un pendant que je sirote mon whisky et commande un second.

De temps en temps, je jette un coup d'œil à ma montre et je suis soulagée lorsque Madisyn vient me dire qu'elle a terminé et qu'elle est prête à rentrer chez elle. C'est mon signal pour la reconduire à la propriété.

— Hannah a-t-elle un chauffeur pour rentrer chez elle ? demandé-je.

— Je suis juste là, dit Hannah et me tape sur le flanc, perturbée que je demande à Madisyn au lieu de poser ma question à Hannah.

— Et bien, quelqu'un va-t-il venir te chercher ? demandé-je.

Je n'ai pas envie qu'elle rentre en voiture. Elle a bu quelques verres, et je l'ai vue essayer de marcher de la piste de danse au bar. Cette fille n'est pas du tout stable sur ses pieds. Bien que ça puisse être à cause des talons qu'elle porte.

— Non, j'ai l'intention de rentrer en voiture.

Hannah enfile son manteau et prend ses clés de voiture dans sa poche.

— N'importe quoi. Je te déposerai sur le chemin.

Je tends la main vers ses clés dans sa paume, et elle ferme sa main.

Madisyn boutonne son manteau, observant l'échange entre nous mais n'interférant pas. Il y a un début de sourire sur ses lèvres, et je ne suis pas sûr de ce qu'elle trouve drôle.

— Tu ne rentres pas en voiture, dis-je. Laisse-moi te conduire ou t'appeler un taxi.

Hannah soupire lourdement et ferme son manteau.

— Bien. Si tu veux me conduire à la maison, vas-y. Je vis à l'autre bout de la ville.

— Le même endroit où tu vivais il y a quelques années ? demandé-je.

Ses joues s'enflamment et ses yeux s'écarquillent.

— Luka ! Elle grogne et me frappe le bras.

— Qu'est-ce que j'ai dit ? demandé-je.

Pourquoi les femmes sont-elles si difficiles à lire ? Qu'est-ce que j'ai fait ?

Le sourire de Madisyn ne fait que grandir sur son visage. Elle attrape son sac à main.

— Vous êtes prêts, les deux tourtereaux ?

Hannah me regarde d'un air sévère, je ferme la note et paie nos verres au barman avant de conduire les deux dames à mon véhicule. Madisyn grimpe sur la banquette arrière, laissant Hannah s'asseoir à l'avant avec moi.

Je ne sais pas si je dois la remercier ou non.

Bien que je ne me souvienne pas de l'adresse de son appartement, je sais où il se trouve globalement. Je ne devrais pas me rappeler aussi facilement où elle vit. J'ai couché avec des dizaines de femmes, et la plupart d'entre elles, je ne m'en souviendrais pas si je passais devant elles dans la rue, sans parler de l'endroit où elles habitent.

Mais Hannah était différente.

Je ne suis pas sûr de savoir pourquoi. Peut-être parce qu'elle m'a botté le cul au billard. Je ne l'ai pas laissée gagner. Je n'ai même pas eu une chance.

Dès le premier instant où j'ai parlé avec elle, il était évident que je ne jouais pas dans la même catégorie qu'elle. Nous sommes de mondes différents. Elle veut probablement des enfants, une famille, et une maison avec jardin..

— J'aurai besoin de ton adresse quand on se rapprochera, dis-je en me dirigeant vers son immeuble.

— Tu ne te souviens pas ? plaisante Hannah en tirant la ceinture de sécurité vers le bas sur ses genoux et en l'attachant.

Je sors du parking du bar. Madisyn est parfaitement silencieuse. Je jette un coup d'œil dans le rétroviseur, et elle regarde par la vitre. Je vais prendre ça comme une victoire. Hannah l'a probablement fatiguée sur la piste de danse.

Elle montre du doigt l'immeuble en briques rouges alors que nous approchons du bâtiment résidentiel.

— Je vis là-dedans, dit-elle.

Je gare le 4x4 sur le côté de la route et je mets le véhicule en stationnement.

Je jette un coup d'œil à Madisyn. Elle joue sur son téléphone sur la banquette arrière.

— Je vais accompagner Hannah à l'intérieur et m'assurer qu'elle rentre bien chez elle. Tu veux t'asseoir à l'avant ?

— Oui, dit Madisyn.

Elle grimpe sur le siège avant, et je laisse le véhicule en marche, lui permettant de rester au chaud. Elle verrouille les portes, et je me précipite vers l'entrée principale avec Hannah, ma main sur le bas de son dos tandis que je l'escorte jusqu'à la porte et à l'intérieur du bâtiment.

— Tu n'avais pas besoin de me raccompagner jusque chez moi, dit-elle avec un rire nerveux.

— C'est le moins que je puisse faire après ce soir.

Je ne nie pas que c'était un désastre. La revoir a été le point culminant de ma soirée.

Une fois que nous sommes dans le hall, Hannah appuie sur le bouton de l'ascenseur. Elle traîne les pieds et soupire lourdement.

— Tu n'as pas besoin de me raccompagner jusqu'à la porte de mon appartement. Madisyn t'attend, dit Hannah.

Sa voix est douce et hésitante. Elle se lèche les lèvres, celles qui ont un goût remarquable de fraise. Je veux l'embrasser, mais nous nous sommes battus toute la nuit.

Ce n'est pas normal.

Je ne suis pas le genre de gars qui profite d'une femme. Et elle a bu.

— Elle est dans une voiture chauffée. Les portes sont verrouillées. Je veux m'assurer que tu rentres bien chez toi, dis-je.

Les portes de l'ascenseur s'ouvrent, et nous entrons ensemble. Elle appuie sur le bouton du troisième étage.

— Ecoute, je suis désolé pour ce soir.

— Pour ce soir ? (Elle rit, mais il y a une pointe d'agacement dans son ton. Elle n'est pas heureuse. Elle est énervée. Mais je ne suis pas encore sûr de ce que j'ai fait.) Et pour m'avoir menti il y a plusieurs années ? Es-tu désolé pour ça ?

— T'avoir menti, murmuré-je, essayant de me rappeler ce que j'ai pu dire de faux et qui a dû l'offenser.

Elle expire lourdement et dégage les cheveux de son visage avec son souffle. L'ascenseur sonne, et les doubles portes s'ouvrent.

Un sursis.

Hannah sort en trombe de l'ascenseur et a deux pas d'avance sur moi. Je suis plus grand, donc elle court pratiquement vers sa porte pour me distancer.

— Je suis désolé, dis-je. Même si honnêtement, je ne sais pas vraiment pourquoi je m'excuse.

Elle s'approche du 3B, la porte de son appartement. Elle est rouge vif, tout comme l'extérieur de l'immeuble. Toutes les portes sont peintes en rouge brique. Je ne me souviens pas de la couleur, mais je l'avais aussi coincée entre moi et la porte. Je me souviens surtout de la partie de cette nuit où elle était nue, se déhanchant sous moi.

— Oublie, murmure-t-elle dans son souffle. C'est du passé.

Elle fouille dans sa poche pour trouver ses clés et les enfonce dans la porte, mais ne tourne pas la serrure.

— Écoute, je suis vraiment désolé si j'ai dit ou fait quelque chose à l'époque qui t'a offensé. J'aimerais me rattraper. On pourrait sortir tous les deux un jour, prendre un verre.

La porte d'entrée s'ouvre, et un homme aux cheveux châtain sable et à lunettes pousse un soupir de soulagement.

— Oh, bien, tu es rentrée. Bay a de la fièvre, et je ne sais pas quoi faire.

Il ne semble même pas me remarquer. C'est probablement pour le mieux. Je ne me suis pas présenté devant sa porte pour apporter des problèmes dans sa vie.

Hannah expire.

— Merci de m'avoir déposé, dit-elle en levant les yeux vers moi.

— Oh, tu as pris un covoiturage pour rentrer chez toi ? Je dois le payer ? Il cherche son portefeuille dans sa poche arrière.

— Je suis juste un ami de Madisyn, dis-je en faisant un geste vers l'ascenseur. Je devrais retourner à la voiture. Elle attend à l'intérieur, et on est garés devant.

— Merci de l'avoir déposée.

Je ne l'ai pas fait pour lui. Je ne savais même pas qu'il y avait un *lui*.

Qui est-il ?

Son petit ami ? Son mari ?

Et qui est Bay ?

Est-ce que Hannah a un enfant ?

SIX

Hannah

Ce n'est pas comme ça que je voulais que Luka découvre que j'ai une fille, ou plutôt que nous avons un enfant ensemble.

Bien qu'il soit peu probable qu'il se rende compte que Bay est son enfant. Je me traîne à l'intérieur pour m'occuper de Bay pendant que Mark ferme la porte et la verrouille.

Luka est parti.

Je devrais être soulagée, mais je ne suis pas du tout heureuse, à part le fait de l'avoir vu ce soir. Et c'est un mélange d'émotions - tout, de l'excitation à la colère, me traverse quand je pense à Luka Ivanov.

Bay est déjà dans mon lit, enfouie sous une couette. Elle ne semble pas avoir de fièvre et je prends le thermomètre pour prendre rapidement sa température.

Pas de fièvre.

Je soulève Bay dans mes bras et la mets dans son lit pour la nuit avant de fermer la porte de sa chambre.

— La fièvre de Bay est tombée, dis-je. (Ce que Mark a fait a dû l'aider.) Tu aurais pu m'appeler. Je serais rentrée plus tôt si j'avais su qu'elle était malade.

— Je ne voulais pas te déranger, dit Mark en s'asseyant sur le canapé. Je lui ai donné une sucette et du Tylenol pour enfants. Ça semble avoir fait l'affaire.

— Merci, dis-je et je m'assois à côté de lui sur le canapé.

Il attrape la télécommande et allume la télévision. Je semble être la dernière pensée dans son esprit.

— On peut parler ? demandé-je, en remontant mes jambes sur le canapé.

Je prends le plaid bleu et violet et le drape sur mes genoux.

— De quoi ? Mark a à peine jeté un coup d'œil dans ma direction, son attention étant portée sur l'écran.

— Luka, dis-je.

— Qui ? Mark me jette un regard.

— Le gars qui m'a ramené à la maison.

C'est comme un pansement que je dois arracher. Mark doit savoir que Luka pourrait finir dans nos vies, dans la vie de Bay.

Ses sourcils se froncent et ses épaules se tendent.

— Et donc ?

C'est de la jalousie qui l'a envahi ? Je n'ai jamais vu Mark être jaloux.

— C'est le père de Bay, dis-je.

Mark détourne son attention de la télévision et met en pause le direct avec la télécommande du DVR.

— Ce n'est pas drôle.

— Je ne plaisante pas.

Mark mérite la vérité. Luka aussi. Je dois juste trouver la force de dire à Luka qu'il est le père de Bay.

— Qu'est-ce que tu essaies de dire, Hannah ? Parce que ce type, ce n'est vraiment pas ton genre.

— Eh bien, il l'était quand je l'ai ramené ici il y a trois ans.

Je grimace en entendant mes mots. Je ne voulais pas que ça devienne une dispute. C'est la dernière chose que je veux. Mark est bon pour moi. Il est bon pour Bay, et il est stable. Il sera là pour nous quoi qu'il arrive.

— Il sait qu'il est le géniteur de Bay ? demande Mark.

La façon dont il le dit me fait me sentir sale et honteuse de ce qui s'est passé entre Luka et moi.

— Je ne lui ai pas encore dit. Mais j'en ai l'intention.

— Ne le fais pas.

Mark se lève et fait les cent pas dans le salon. L'appartement n'est pas immense. C'est un deux-pièces et c'est le même que j'ai depuis que j'ai trouvé un emploi à Steele Concierge Medical. Ce n'est pas trop loin du travail, et l'immeuble est bien entretenu. Je peux aussi payer le loyer, ce qui n'est pas facile vu le coût de la vie en ville.

— Je lui aurais dit plus tôt si j'avais pu le retrouver, dis-je. (Je plante mes pieds fermement sur le sol, la couverture tombe sur le sol, et je ne prends pas la peine de la ramasser.) Il mérite de savoir la vérité, qu'il a une fille.

— Tu ne connais même pas ce type. Tu ne sais rien de lui !

Je grimace et croise mes bras sur ma poitrine.

— Ce n'est pas à toi de prendre cette décision. J'essaie de faire ce qui est le mieux pour ma fille.

— Bien sûr que si ! Mark s'arrête et se tourne vers moi. Tu vas m'épouser. Bay sera ma fille. C'est moi qui l'élèverai, pas ce— voyou !

Je me pince l'arête du nez et j'essaie de respirer calmement. Je ne veux pas dire quelque chose que je pourrais regretter.

— On en parlera demain. Je vais me coucher.

Je me lève et passe devant Mark, en direction de la chambre.

Mark tape du pied, et je jure qu'il est sur le point d'avoir une crise de colère.

— Je n'ai pas fini d'en parler.

Pourquoi il est comme ça ?

Difficile.

On ne s'est jamais disputé à propos de quoi que ce soit avant aujourd'hui.

Je passe une main dans mes cheveux et me retourne pour lui faire face.

— Bien. Et si la situation était inversée et que tu avais un enfant ? Tu es en train de me dire que tu ne voudrais pas le savoir ?

Il n'y a aucune chance qu'il serait heureux d'être tenu dans l'ignorance.

— Si c'est ce qu'il y a de mieux pour mon enfant, oui.

Je fais un pas de plus vers Mark.

— Si c'est à propos de ce qui est le mieux pour Bay, alors avoir son père dans sa vie semble être la réponse.

Il est furieux.

— Ne retourne pas la situation, Hannah. Elle m'a moi. Je suis le seul père dont elle a besoin. Pas un bon à rien, un bâtard débraillé qui ne peut probablement pas garder un travail.

Il tire tout ça d'un seul regard sur Luka ?

— Tu fais beaucoup de suppositions.

— Et tu fais la plus grosse erreur possible concernant Bay.

Mes mains se resserrent en poings. Quel culot il a, de penser qu'il sait ce qui est le mieux.

— Ne me dis pas comment élever ma fille.

— Notre fille, me corrige Mark.

Je me mords la langue. Elle n'est pas à *lui*, pas encore.

— Je ne comprends pas pourquoi tu veux qu'il fasse partie de nos vies. Il va compliquer les choses pour toi, Hannah. Il pourrait vouloir la garde.

— J'ai fini de parler de ça, dis-je et je me dégage de son emprise en me dirigeant vers la chambre.

— Hannah !

Je me dirige vers la chambre et ferme brusquement la porte avant de m'effondrer sur le matelas. Pour la première fois, je regrette que cet endroit ne soit pas le mien et que je n'aie pas une chambre dans laquelle je puisse disparaître et rester seule.

Mark ne me suit pas. Je suis soulagée d'avoir quelques minutes de paix et de tranquillité. Je me déshabille pour aller au lit et mets mon pyjama avant de me glisser sous les couvertures et d'éteindre la lumière de la chambre.

Des larmes coulent sur mon oreiller. J'essuie les restes de larmes et me retourne contre le matelas pour essayer de calmer mon esprit qui s'emballe.

Le sommeil me fuit, et je me retrouve seule, bougonne et de mauvaise humeur. Mark ne s'est jamais comporté comme ça auparavant. Il n'a jamais été jaloux. Quelle mouche l'a piqué ?

La privation de sommeil ne me réussit pas.

———

La porte de la chambre s'ouvre en grinçant et je me roule sur le dos quand la lumière du matin pénètre à travers les stores.

L'odeur du café se répand dans la chambre, me réveillant davantage.

J'ai mal à la tête, et mon estomac fait des galipettes.

Merveilleux.

— Tu es venu te coucher hier soir ? je demande.

Mark est dans la salle de bain, la porte ouverte, se brossant les dents.

Je dois être au travail dans peu de temps. Me forçant à sortir du lit, je me dirige vers la commode et prends mes vêtements.

Il crache son dentifrice dans le lavabo, se rince la bouche avec un gobelet en plastique rempli d'eau et rince le lavabo.

— Je me suis endormi sur le canapé, dit-il en sortant de la salle de bains.

Il y a une lourdeur dans la pièce, une tension qui semble s'étirer comme un élastique. Elle finira par casser.

Je ne me souviens pas que Mark se soit déjà endormi sur le canapé.

— On est en froid ? Je ne veux pas me disputer avec lui.

J'aimerais qu'il respecte ma décision et qu'il oublie ce qui s'est passé entre nous hier soir.

— Eh bien, ça dépend. Tu as toujours l'intention de dire à ce type qu'il est le père de Bay ? demande Mark.

Il croise ses bras sur sa poitrine, les épaules tendues et les narines dilatées.

— Tu es en colère.

— Je n'en suis pas heureux.

— Ouais, eh bien, je ne suis pas heureuse avec toi en ce moment.

Je passe devant lui et claque la porte de la salle de bain sur ses talons.

— Qu'est-ce que j'ai fait ? La réponse étouffée de Mark résonne à travers la porte.

Est-ce que je suis déraisonnable ?

Je n'essaie pas d'être méchante, mais Luka a le droit de savoir qu'il a une fille. Je l'aurais contacté plus tôt si j'avais pu, avec son numéro de téléphone. Les chiffres qu'il a laissés ont été effacés et détruits.

Mark essaie juste de faire attention à moi, à nous en tant que famille, mais je ne peux pas ignorer le passé ou le fait que cet homme est réapparu dans nos vies.

Le timing est nul.

Je m'habille rapidement, me brosse les dents, et me dépêche de sortir de la salle de bain en passant devant Mark. Il ne semble pas avoir bougé d'un pouce depuis que je lui ai claqué la porte au nez.

— Tu es en colère, dit Mark.

— Tu viens juste de t'en rendre compte ? Je ne peux pas faire ça maintenant. Je dois aller travailler.

Je me hâte de sortir de la chambre. Dans le salon, la télévision est allumée et des dessins animés sont diffusés sur l'écran. Bay est assise sur le canapé, mon plaid préféré enroulé autour d'elle.

— Maman ! dit Bay en se retournant vers moi.

— Bonjour, dis-je en m'avançant vers elle et en serrant dans mes bras mon petit rayon de soleil. (Je la serre une seconde de plus que d'habitude, et elle se tortille pour retrouver sa liberté.) Je dois aller travailler, dis-je en déposant un baiser sur sa joue.

— Tu la laisses ici, avec moi, dit Mark.

Son ton suggère qu'il n'est pas heureux qu'elle reste ici et que je parte travailler. Je jure que mon mal de tête empire à chaque seconde.

— Tu veux que je la prenne avec moi ? demandé-je.

Il y a une garderie à la clinique que les membres du personnel peuvent utiliser. Elle va à l'école maternelle pendant la semaine, mais les week-ends, je la prenais avec moi à la garderie, surtout avant de rencontrer Mark.

Peut-être que je lui donne trop de responsabilités avec Bay.

Je dépose un baiser sur son front. Elle n'est pas du tout chaude - pas de nez qui coule. Pas de fièvre. Elle a un gobelet à côté d'elle et semble aller bien ce matin. Si elle est malade, la garderie, même au centre, exigerait qu'elle soit renvoyée à la maison.

— Non, je veux juste que tu laisses ce barbare tranquille. (Il fait un geste vers la porte d'entrée où il a rencontré Luka la nuit précédente.) Je ne veux pas de lui dans notre vie.

Je ne peux pas gérer ça maintenant. Je suis déjà en retard.

— Je dois aller travailler, dis-je en embrassant à nouveau Bay avant d'attraper mes clés et mon sac à main et de sortir en trombe.

––––––––

— Tu as une tête à faire peur, dit Madisyn quand je lui rentre dedans en me précipitant vers l'ascenseur.

— Je me sens vraiment mal, dis-je.

— Tu as trop bu ? Madisyn tente de comprendre le problème mais elle est à côté de la plaque.

Il n'y a que nous deux dans l'ascenseur, et je suis reconnaissante d'être libérée de Mark. Qui aurait cru qu'il serait plus facile d'aller travailler que de gérer un fiancé jaloux ?

Je tire mes cheveux en arrière avec un élastique autour de mon poignet.

— Non, Mark est énervé à cause de Luka.

Elle grimace.

— Comment ça se fait ? demande Madisyn.

— Luka m'a raccompagnée chez moi, dis-je en omettant tous les détails cochons qu'elle recherche, comme le fait qu'il ait rencontré Mark et appris que j'ai une fille.

L'ascenseur sonne, et les doubles portes s'ouvrent. Madisyn sort et attend que je l'accompagne. Elle est déjà en tenue de travail et a son badge d'identification sur sa chemise. Je dois encore mettre ma tenue de travail.

Il s'avère que je suis plus en retard que je ne le pensais. Je me dirige vers le hall, et Madisyn me suit comme si elle n'avait rien de mieux à faire. J'en doute. Elle veut probablement juste tous les ragots.

— Luka était cent fois plus grognon après t'avoir déposée. Tu lui as dit pour Bay ?

— Quoi ? Non.

Je me hâte de traverser le couloir et d'entrer pour m'habiller. Je me suis presque entièrement changée, mais je n'ai pas l'habitude de porter ma blouse pour aller au travail. En plus, je garde toujours des vêtements de rechange à portée de main au cas où un patient serait malade sur moi. Ce ne serait pas la première fois.

— Eh bien, que s'est-il passé ? demande Madisyn. (Elle me regarde fixement.) Tu as une sale tête, tout comme lui hier soir.

— Rien. Je veux dire, ça aurait dû être rien. Il m'a raccompagnée à ma porte. Pas de quoi en faire un plat, hein ? Eh bien, Mark l'a ouverte.

— Merde, Madisyn halète, et ses yeux s'écarquillent. Luka a essayé de t'embrasser ?

Je ricane à sa remarque.

— Non, ce n'était pas du tout ça. Mark a mentionné que Bay avait de la fièvre, et Luka l'a entendu. Je suppose qu'il n'était pas prêt à découvrir que j'ai un enfant.

— Ou un fiancé !

— C'est vrai. (Je me mordille la lèvre inférieure en me déshabillant et en changeant de vêtements à la hâte.) Je ne sais pas combien de temps ça sera encore le cas, murmuré-je.

— Quoi ? Madisyn entend ma remarque.

Merde.

— Mark ne veut pas que je dise à Luka que Bay est sa fille.

Je glisse dans mes baskets avant de nouer les lacets. Je fourre mes vêtements propres dans le casier et le ferme, puis je dépose mon téléphone dans ma poche.

— Pourquoi pas ? Madisyn croise ses bras sur sa poitrine. Tu dois lui dire ! C'est lui le père, pas Mark.

Est-ce qu'elle pense que je ne le réalise pas déjà ?

— Ouais, donc on s'est disputé hier soir. Il a dormi sur le canapé.

— Aïe. Madisyn grimace. Je peux faire quelque chose pour aider ?

Je coince ma lèvre inférieure entre mes dents et je secoue la tête. Je ne vois rien qui puisse arranger ça, à part céder à Mark, ce que je refuse de faire.

Madisyn me tape dans le dos.

— Ne t'en fais pas. Il va changer d'avis.

— Mark ou Luka ? demandé-je avec un rire nerveux. Je ne suis pas sûre que Mark va changer d'avis. C'est l'une de ses bizarreries. Il est têtu à l'excès.

— Mark. Je ne doute pas que Luka fera un excellent père.

J'expire un grand coup.

— Ouais. Comment suis-je censée le dire à Luka quand Mark va faire une crise ? Je te jure, c'est comme avoir deux enfants à la maison.

Madisyn me fait un sourire sincère et m'attrape les mains.

— Et si tu passais après le travail ce soir ? On pourrait dîner ensemble, et tu pourrais passer un peu de temps avec Luka.

— Tu veux nous rencarder ?

Cette fille est sournoise.

Madisyn me serre les mains.

— J'essaie de t'aider. Ce que tu décides de lui dire, ça ne dépend que de toi. Mais on dirait que tu ne peux pas rencontrer Luka quelque part sans que Mark s'énerve. Est-ce que j'ai raison ?

— Mark sera contrarié si je parle de Bay à Luka. Ce n'est pas que je le rencontre. Il est jaloux, mais ce n'est pas le genre de jalousie que l'on pense qu'un homme peut avoir.

— Qu'est-ce que tu veux dire ? demande Madisyn.

Je me dirige vers le couloir, devant commencer ma journée et voir mes patients.

— Mark pense que Luka n'est pas mon type. Il n'est pas jaloux et possessif. Il a plutôt peur que Luka interfère dans la petite vie parfaite de notre famille.

— Ça reste une forme de jalousie, et oh mon dieu, Mark devrait être jaloux de Luka. C'est un plaisir pour les yeux et un mauvais garçon. Je ne savais pas que tu étais attirée par les mauvais garçons.

Un léger sourire se dessine à la commissure de mes lèvres.

— Ouais, moi non plus. Il m'a juste remarqué au bar il y a quelques années.

— On peut dire ça. Madisyn sourit. Je veux tous les détails - plus tard. Je dois commencer mes rondes.

— Ce soir. Mais c'est bon si j'amène Bay ? Je ne veux pas l'abandonner deux soirs de suite.

— Bien sûr. Je t'enverrai l'adresse par sms.

———————

Je suis soulagée quand je quitte le travail et que je passe la soirée avec Madisyn. Je devrais probablement avoir envie de rentrer chez moi, de passer du temps avec Mark et de parler de nos problèmes.

Principalement Luka.

Mais je ne supporte pas les histoires et la jalousie de Mark. Un peu de temps séparés nous fera du bien. Je lui envoie un sms pour lui dire que je vais dîner chez Madisyn.

Il ne répond pas.

Typique.

Je me rends à l'appartement, et il est assis devant la télévision à regarder du sport pendant que Bay tape des casseroles dans la cuisine. Enfin, le bruit a l'air de venir de la cuisine.

— Mama ! Bay pousse un cri et court vers moi, laissant tomber les casseroles en métal sur le sol en faisant un bruit de ferraille.

Je grimace à cause du bruit, mais je prends mon petit enfant préféré dans mes bras pour la serrer dans mes bras et l'embrasser.

— Tu m'as manqué, lui dis-je.

— Tu m'as manqué, dit-elle en s'accrochant à moi comme si sa vie en dépendait.

Je la soulève dans mes bras, et elle s'accroche à mon cou.

Je traverse la pièce, en essayant d'attirer l'attention de Mark. Je ne veux pas me disputer avec lui. Je demande :

— Tu as reçu mon message ?

— Ouais. Pas de problème, dit Mark.

Son attention est portée sur la télévision. Il jette à peine un coup d'œil dans ma direction.

— Je prends Bay avec moi. Tu peux venir si tu veux, dis-je en l'invitant.

Bien que Madisyn ne l'ait pas invité à dîner, je me sens mal de le laisser de côté. S'il accepte de venir avec moi, j'apporterai un plat et lui enverrai un message en chemin.

— Qui sera là ? demande Mark, en me regardant.

Il porte un verre de scotch à ses lèvres et en prend une bonne gorgée.

Il n'a jamais touché à l'alcool depuis que nous sortons ensemble.

— Madisyn et son petit ami, Mikhail.

— Tant que ce barbare n'y va pas, je suis bien ici. Je vais juste regarder le match. Amuse-toi bien.

— Tu veux dire Luka ? demandé-je. Parce qu'il a un nom.

Je suis de plus en plus fatiguée de sa jalousie et de ses caprices.

— Ouais, je ne veux pas que tu emmènes Bay le voir.

— Ce n'est pas à toi de prendre cette décision. C'est ma fille, et il est son père bio—

— Géniteur, interrompt Mark.

— Je m'en vais, dis-je et je me dirige vers la porte.

Je dépose Bay pour l'emmitoufler dans son manteau violet, son chapeau et ses gants. Je ne veux pas prendre le risque qu'elle ait froid dehors.

Mark se lève.

— Tu n'as pas répondu à ma question.

— Je n'avais pas réalisé que tu en posais une.

Je sécurise les deux gants sur les mains de Bay avant de prendre mon manteau sur le portemanteau.

Il traverse le salon à grandes enjambées en direction de la porte.

— Est-ce que Luka sera là ?

— Honnêtement, je ne sais pas.

Si Madisyn fait ce qu'elle veut, il sera là, mais il pourrait avoir des projets et ne pas se montrer, ce qui me conviendrait. Il y a eu assez de problèmes pour une journée.

— Je ne veux pas que tu prennes Bay avec toi si Luka est là.

Il appuie sa paume contre la porte d'entrée, nous empêchant de partir.

— Tu es sérieux ? Je ne fais pas ça avec toi, Mark.

Je boutonne mon manteau et prends mes clés. Il a réussi à bloquer complètement la porte d'entrée, dos à l'entrée, les bras croisés sur la poitrine. Bouge.

Il ne bouge pas.

— Tu te fous de ma gueule ?

— Bay reste ici avec moi. Elle aime regarder le basket.

Il jette un coup d'œil devant moi, regardant les scores sur l'écran.

— Vraiment ? Aux dernières nouvelles, elle jouait toute seule dans la cuisine. (Je prends Bay dans mes bras, pour la protéger. Il n'y a pas moyen que je la laisse ici ce soir avec Mark. Qu'est-ce qui lui prend ?) Pousse-toi de là, dis-je.

— Pourquoi ? Pour que tu puisses jouer au papa et à la maman avec ton nouveau copain ? Il ne t'aime pas, Hannah. Il ne t'aimera pas, pas comme je le peux. Je serai toujours là pour toi.

Il attrape mon bras, ses doigts s'enfoncent dans mon biceps.

— Ne fais pas ça, dit-il, son haleine empestant l'alcool.

Combien de verres a-t-il bu ? Je grimace. Sa poigne est forte et puissante.

— Lâche-moi.

Sa prise ne se relâche pas.

— Tu crois qu'il te veut ou qu'il veut avoir affaire à ta petite peste ?

— Tu ne sais pas ce que tu dis, Mark. Tu es ivre.

Je lui donne un coup de coude dans l'estomac, le forçant à se retourner pendant que je me glisse hors de l'appartement avec Bay dans mes bras. Je me précipite vers la voiture, l'attachant sur la banquette arrière.

Je continue à regarder par-dessus mon épaule, attendant de voir si Mark nous suit dehors. Ce n'est pas un homme qui laisse tomber les choses, et cela m'inquiète presque autant que sa jalousie.

SEPT

Luka

Je passe à la clinique et récupère Madisyn après le travail.

— Devine quoi ! couine Madisyn quand elle monte sur le siège passager avant.

Son excitation me donne la nausée.

J'ai à peine dormi la nuit dernière après avoir appris que Hannah a une famille. D'après Madisyn, elle n'est pas encore mariée. Mais elle l'est pratiquement, elle a un enfant, et je ne sais pas pourquoi j'ai la brune aux yeux bleus dans la peau, mais je ne peux pas arrêter de penser à elle.

— Quoi ? grommelé-je.

— J'ai invité Hannah pour diner.

— Qu'est-ce que tu veux dire tu as invité Hannah pour diner ? Tu as demandé à Mikhail ?

— Je n'ai pas à lui demander sa permission. Il n'est pas mon gardien, dis Madisyn. Et puis, il n'y verra aucun problème.

Elle a beau être un ancien agent du FBI, Madisyn peut vraiment avoir la tête dans les nuages parfois.

— Il n'aime pas vraiment inviter des inconnus à la propriété.

— Ce ne sont pas des inconnus, dit-elle. Hannah est mon amie, et c'est juste elle et sa fille.

— Bay ? demandé-je, me souvenant du prénom de la petite fille de la veille.

Devrait-elle amener Bay si elle est malade ? L'idiot n'avait-il pas mentionné qu'elle avait de la fièvre ?

Je ne devrais pas détester l'homme que Hannah fréquente. Ce n'est pas mes affaires avec qui elle sort ou partage son lit.

Madisyn hoche doucement la tête. Comme si elle réfléchit à quelque chose, mais je ne sais pas quoi. La fille aime beaucoup parler.

— Bref, je m'occuperai de Mikhail. Sois juste gentil, d'accord ?

— Quand n'ai-je pas été gentil ?

Elle glousse à ma remarque. Ce n'était pas censé être drôle, mais je ne suis pas le gars le plus amical et ouvert.

Madisyn serre les lèvres, ses joues sont roses.

— Sois juste courtois. Et tu devrais te joindre à nous pour le dîner.

Est-ce qu'elle a perdu la tête ?

— C'est un piège ? demandé-je.

— De quoi tu parles ? Madisyn joue la comédie.

Elle ne me semble pas être stupide, et elle n'est pas entrée dans la vie de Mikhail par hasard. Cette fille est carrément rusée. Et alors qu'elle a quitté le bureau pour poursuivre ses responsabilités à plein temps à Steele Concierge Medical, je ne peux m'empêcher de surveiller mes arrières.

Elle a trahi Mikhail une fois. Qu'est-ce qui dit qu'elle ne le fera pas à nouveau ?

— Hannah est avec le gars que j'ai rencontré hier soir. Je ne sais pas ce que tu penses faire, Madisyn, mais arrête.

Hannah a une vie bien organisée. Elle a un enfant, une famille, et elle n'a pas besoin que je me mêle de ses affaires personnelles. Je peux fantasmer sur ce qu'on a fait, mais ça ne peut pas aller plus loin. Je ne vais pas briser sa famille ou ruiner sa vie pour mes désirs égoïstes.

Je ne suis pas un salaud à ce point.

— Elle n'est pas encore mariée avec lui, dit Madisyn.

Je ne vais pas rompre leurs fiançailles parce que j'ai eu une aventure avec elle il y a quelques années.

— Tu as perdu la tête ?

— D'accord, je vais laisser tomber. Mais tu devrais te joindre à nous pour le dîner. Mikhail appréciera ta compagnie.

———

— J'aimerais te parler dans mon bureau, dit Mikhail.

Je me dirige vers le bureau et ferme la porte derrière moi.

— Tout va bien, patron ?

Ses mains sont croisées devant lui. L'expression de son visage est aigrie.

— Madisyn a invité une de ses collègues de la clinique à dîner.

Il a l'air aussi heureux que je le suis à propos de cette affaire.

— Nikita a déjà fait des recherches sur ses amis et ses collègues proches.

— Oui, et je suis sûr que tout ira bien, mais j'aimerais que tu surveilles cette fille qui vient dîner. Si elle se lève pour aller aux toilettes, je veux que tu la suives. Je n'ai pas besoin d'un autre agent qui essaie de s'introduire chez moi.

J'essaie de cacher le sourire en coin sur mon visage.

— Il y a quelque chose de drôle, Luka ?

— Non, monsieur.

Je sais qu'il ne faut pas énerver cet homme. Il m'a donné beaucoup de responsabilités et me fait confiance. La dernière chose que je veux c'est de tout foutre en l'air pour une fille.

— Madisyn a mentionné qu'elle pourrait venir avec son enfant. Assure-toi que les jouets au grenier soient descendus.

— Oui, monsieur.

Je suis surpris que les jouets de sa nièce et de son neveu qui ont vécu avec lui soient encore sous son toit. J'aurais pensé qu'il les aurait brûlés, tout comme la relation avec sa petite sœur. Et bien que Mikhail ait fait transformer la salle de jeux en espace de travail supplémentaire, personne n'a jamais osé utiliser cet espace.

— Je n'ai pas l'intention de les faire rester longtemps après le dîner, mais Madisyn va insister pour prendre un dessert, et il est peu probable qu'un petit enfant ait la patience de rester assis pendant plusieurs heures, dit Mikhail.

— Je m'en occupe, dis-je avant de sortir du bureau de Mikhail.

Dans l'heure qui suit, on sonne à la porte, et je réponds puisque je suis le plus proche de l'entrée. Madisyn se dépêche de descendre les escaliers quand j'ouvre à son amie.

Bien sûr, Hannah a amené sa fille. L'enfant pourrait être une mini version d'Hannah, avec les mêmes cheveux et les mêmes yeux bleus.

— Maman, j'ai froid, annonce assez bruyamment la petite fille alors qu'elles se tiennent devant la porte d'entrée.

— Entrez, dis-je, oubliant mes bonnes manières.

Je n'ai pas l'habitude que des invités se présentent à la propriété. Nous avons rarement des visiteurs qui ne sont pas membres de la bratva.

Hannah aide la petite fille à enlever son manteau violet, et je lui propose de le prendre, pour le suspendre dans le placard du hall à proximité. Elle délace les bottes de l'enfant tandis que celle-ci laisse tomber son chapeau et ses gants sur le sol.

Je me penche pour récupérer les objets au moment même où Hannah se penche, et nous nous cognons l'un l'autre.

— Désolée, dit-elle, s'empressant de s'excuser alors qu'elle tend la main vers les vêtements délaissés, fourrant les articles dans la poche de sa veste.

— C'est de ma faute, dis-je.

Je n'ai pas l'habitude de m'excuser. Ce n'est pas quelque chose que nous faisons en tant que bratva, montrant une quelconque faiblesse.

Hannah déboutonne son manteau et enlève ses chaussures, les laissant près de la porte d'entrée. Elle me suit jusqu'au placard pour accrocher sa veste.

— Je n'étais pas sûre que tu viendrais au dîner, dit Hannah.

Elle tire sa lèvre inférieure entre ses dents. Est-elle nerveuse ? Je n'arrive pas à comprendre pourquoi elle le serait.

— Maman ! la petite fille tire sur la main de sa mère, essayant de la traîner pour qu'elle la suive.

La petite n'est ni timide ni nerveuse en présence d'inconnus, encore moins dans de nouveaux endroits.

— Bay, viens ici.

Hannah se penche et prend la petite tigresse dans ses bras, sans la laisser libre.

— Elle te ressemble, dis-je.

La ressemblance est troublante.

Bay se tortille dans les bras de sa mère, voulant clairement qu'on la pose.

Madisyn s'approche de moi par derrière.

— Vraiment ? Je dirais qu'elle ressemble remarquablement à son père.

Les yeux d'Hannah s'écarquillent et elle lance un regard furieux à Madisyn. Je ne suis pas sûre de ce qui se passe, mais je laisse couler. Il n'y a aucune raison logique que je n'aime pas le gars d'hier à l'appartement d'Hannah.

C'est de la jalousie, mais je ne veux pas parler de lui avec Hannah ou Madisyn, d'ailleurs.

Je me contenterais de penser qu'il n'existe pas.

On ne peut pas faire semblant ?

— Tu as une sale tête. Qu'est-ce qui s'est passé ? demande Madisyn, adressant sa question à Hannah.

— Je ne veux pas en parler, dit-elle.

— Méchant Mark, proclame Bay, qui n'est pas du tout au courant que Hannah ne veut pas en parler.

Mes mains se referment en poings sur le côté. Il y a un air distant dans les yeux d'Hannah que j'aurais dû voir plus tôt. Ses yeux sont bouffis et rouges.

— Comment était-il méchant ? grogné-je.

Je le tuerai s'il pose un doigt sur Hannah ou Bay.

— Je peux te faire un gros câlin ? demande Madisyn en tendant les bras à Bay.

Le visage de la petite fille s'illumine et elle hoche vigoureusement la tête tout en se tortillant pour se libérer de sa mère. Hannah confie Bay aux bras de Madisyn.

Madisyn emmène Bay au bout du couloir, vers la cuisine.

Hannah serre les lèvres, fronçant les sourcils comme si elle essayait de ne pas pleurer.

— On s'est disputés.

Je ne peux pas m'empêcher de m'inquiéter et de me demander s'il a fait du mal à Hannah. Elle porte un col roulé, ce qui rend presque impossible de voir sa peau.

Je ne veux pas tirer de conclusions hâtives, mais elle est encore visiblement secouée par ce qui s'est passé.

Je la laisse parler. La meilleure chose que je puisse faire pour l'instant est de l'écouter.

Hannah détourne les yeux, évitant mon regard brûlant.

— C'est stupide. (Elle est prompte à balayer la dispute, ou du moins, la discussion concernant la dispute qui a eu lieu plus tôt.)

Je veux qu'elle se confie à moi, ne serait-ce que pour qu'elle soit plus heureuse et se sente mieux.

— Rien de ce que tu dis n'est stupide.

Je m'approche et porte ma main à son menton.

Elle se fige. Son corps se crispe à ce geste.

— Il t'a touchée ? (La colère refait surface à l'idée qu'il a fait quelque chose pour la blesser. La pièce est chaude, et mon adrénaline monte en flèche.) Il a été violent ?

J'ai peur de la réponse qu'elle va me donner. Elle n'a pas de cicatrices visibles, mais les coupures plus profondes sous la surface m'inquiètent tout autant, et pas seulement pour Hannah, mais aussi pour Bay.

Elle ouvre la bouche, et sa voix est à peine au-dessus d'un murmure. Comme si elle avait peur de dire les mots à voix haute.

— Il ne voulait pas me laisser partir.

— Il t'a intimidé.

Je la tire plus près, mes mains sur ses bras, examinant son visage et ce que je peux voir de son cou, à la recherche de signes de violence physique.

— Non, c'est plus que ça. Hannah grimace.

Est-ce qu'elle regrette de m'avoir dit la vérité ?

— Et si on trouvait un endroit un peu plus confortable et privé pour parler, suggéré-je en marchant avec elle dans le couloir dans la direction où Madisyn a emmené Bay.

Je la conduis dans le bureau. Il est vide, et j'allume la lumière en entrant dans la pièce. Hannah me suit de près.

Des rires émanent de la salle à manger. Madisyn semble réussir à divertir la petite tigresse, ce qui doit rassurer Hannah.

Ses épaules se détendent alors qu'elle s'avance dans le bureau et s'assoit sur le canapé.

Je ne m'assieds pas. Je suis trop agité et plein d'énergie refoulée pour me détendre sur le canapé.

— Mark et moi avons eu une dispute assez animée la nuit dernière, dit Hannah.

Ses mains sont jointes devant elle. Elle se ronge la lèvre inférieure.

J'arrête de faire les cent pas et me tiens à quelques mètres d'elle, la clouant sur place du regard.

— Et ? Elle oublie quelque chose dans son histoire.

— C'était à propos de toi, dit-elle.

Je fais un pas en arrière, surpris par sa remarque.

— Laisse-moi deviner, il est jaloux et inquiet parce que je t'ai ramenée chez toi ?

Je tente de comprendre quel pourrait être le problème. Est-ce qu'il pense qu'elle le trompe ? C'est pour ça qu'ils se sont disputés ?

Se redressant, elle me fait signe de venir la rejoindre sur le canapé.

Je m'exécute et m'assois à côté d'elle, attendant qu'elle s'explique sur ce qui s'est passé.

— C'est à propos de Bay, dit Hannah.

— Bay ? Qu'est-ce que ta fille a à voir avec tout ça ? Était-il contrarié que tu ne rentres pas à la maison après le travail ?

J'essaie de démêler ce qui s'est passé la nuit dernière, et elle ne me donne pas vraiment toute l'histoire. Pourquoi ça ?

Qu'est-ce qu'elle cache ?

Je m'assieds sur le canapé à côté d'elle, et elle me tend les mains.

— Mama ! Maman ! Mama ! Bay court dans le bureau. Pot ! couine-t-elle.

— Désolé ! Madisyn s'excuse en courant après Bay.

— Je vais lui montrer où sont les toilettes, dit Madisyn. Viens.

Elle tend sa main pour que Bay la prenne.

Bay ne bouge pas de sa position juste en face d'Hannah.

— C'est bon. Je vais l'emmener. Tu peux juste m'indiquer la bonne direction ? dit Hannah en se levant et en attrapant la main de Bay.

— Ouais.

Je me lève et conduis Hannah et Bay dans le couloir. On tourne rapidement à droite et la deuxième porte à gauche est celle des toilettes. J'ouvre la porte et j'allume la lumière pour Bay.

— Maman, dit Bay en entraînant Hannah dans la pièce avec elle.

— Merci, dit Hannah en refermant la porte.

Je jette un coup d'œil autour de moi. La propriété est relativement peu peuplée pour un samedi soir. Nikita et Anton sont sortis boire un verre. Cela signifie qu'ils sont à la poursuite d'un joli petit cul ce soir.

Je serais dehors avec eux si Hannah n'était pas venue pour le dîner. Peut-être que je devrais avoir une nuit de repos et me vider la tête. Elle va sûrement me causer des ennuis.

— Tu as faim ? Madisyn s'approche par derrière.

Je ne l'ai pas entendue arriver. Cette fille est furtive.

Je me retourne pour lui faire face mais j'ignore sa question. Elle ne parle pas de nourriture. Pourquoi pense-t-elle que quelque chose va se passer entre Hannah et moi ? A quel jeu joue-t-elle ?

— Pourquoi ne pas aller voir si le dîner est prêt pour nous dans la salle à manger ? demandé-je, essayant d'éloigner Madisyn.

Mikhail m'a donné l'ordre de garder un œil sur Hannah. Madisyn, cependant, est sous sa responsabilité. Je ne lui fais toujours pas totalement confiance, étant donné qu'elle travaillait pour le FBI. Qui peut affirmer qu'elle ne nous trahira pas ?

Elle a prouvé sa loyauté envers Mikhail, ce qui devrait être suffisant pour moi. Mais j'ai mes réserves, et je les garde pour moi - pas la peine de contrarier le Pakhan.

— Je peux attendre Hannah, dit Madisyn.

— Mikhail m'a demandé de garder un œil sur elle.

Ses ordres ne sont pas un secret, pas en termes de sécurité et de sûreté de ses hommes. Madisyn devrait le savoir maintenant.

— D'accord, dit-elle en poussant un lourd soupir et en traversant le hall pour se rendre à la salle à manger.

Hannah déverrouille la porte de la salle de bain, et Bay se précipite dehors, passant devant moi.

— Désolé, dit Hannah.

Elle s'excuse rapidement en courant après la petite fille et en la prenant dans ses bras, l'empêchant de se déchaîner.

Je la conduis dans la salle à manger. Mikhail et Madisyn s'installent à la table, ouvrent une bouteille de vin et versent un verre aux adultes.

— Je suis désolée, s'excuse Hannah. Bay n'est pas si turbulente d'habitude.

Mikhail force un sourire. Il n'a jamais été particulièrement proche de sa nièce et de son neveu lorsqu'ils vivaient sous son toit. La simple pensée qu'il puisse élever un enfant, devenir père, n'est pas quelque chose dont j'aurais pensé être témoin.

Et même si je ne l'ai pas encore vu, Madisyn est enceinte. Elle finira par avoir l'enfant, et je peux seulement imaginer comment Mikhail va gérer la situation.

Je passe une main dans mes cheveux, ne voulant pas m'attarder sur un souvenir laconique en compagnie du présent.

— Elle a probablement juste faim, dis-je en prenant un morceau de pain dans le panier sur la table. (Le personnel nous apporte nos repas, mais Bay ne tiendra pas beaucoup plus longtemps sans craquer.) Je peux ? demandé-je, en demandant à Hannah avant de tendre le morceau de pain à Bay.

Hannah fait un bref signe de tête et Bay s'empare du petit pain comme si sa vie en dépendait. Cela semble faire l'affaire et elle se concentre sur son repas.

— Assieds-toi, dis-je en aidant Bay à s'asseoir à la table, et Hannah prend le siège à côté d'elle.

Je suis entre Hannah et Mikhail. Cependant, la plupart de l'attention de Mikhail semble être dirigée vers Madisyn.

Je jette un coup d'œil à Hannah, sa main s'approche de son verre de vin, sa bague de fiançailles en diamant brille sous le candélabre. Comment ai-je pu manquer cette pierre la nuit dernière au bar ?

Est-ce qu'elle la portait hier soir ?

Je ne suis pas le seul à l'avoir remarqué.

— Madisyn m'a dit que tu allais te marier, dit Mikhail. As-tu choisi un lieu ?

J'attrape mon verre de vin, j'ai besoin de quelque chose pour ne pas grimacer. Je souris, en espérant qu'elle ne voit pas la mascarade.

Ses sourcils se froncent, et elle presse ses lèvres l'une contre l'autre.

— Honnêtement, je ne sais pas.

Le dîner est servi, et Hannah aide Bay avec son repas, le coupant mais laissant la petite tigresse se nourrir elle-même.

Je m'éclaircis la gorge, le verre de vin à la main, faisant tournoyer le liquide violet foncé. Nous devrions détourner la conversation de son fiancé et de ses noces à venir. Hannah ne veut pas en parler, et je ne suis pas sûr de vouloir l'entendre pendant le dîner. Je vais probablement perdre mon appétit.

— Depuis combien de temps travailles-tu à Steel Concierge Medical ? demandé-je, en regardant Hannah.

Elle pousse un léger soupir et ses épaules se détendent.

— Je suis dans l'entreprise depuis sept ans. Et toi ? Madisyn ne m'a jamais dit ce que tu fais ?

Hannah prend une petite bouchée du dîner. Elle pousse surtout la nourriture dans son assiette et garde un regard attentif sur Bay.

Si Madisyn sait que nous sommes une bratva, très peu de personnes qui ne font pas partie de notre organisation sont au courant de nos activités commerciales.

— Nous achetons et vendons des marchandises, dit Mikhail, qui répond rapidement avant que je puisse réagir.

— Oh, donc vous êtes comme des courtiers en bourse ? demande Hannah, en lui accordant toute son attention.

Madisyn prend une énorme bouchée de son pain et regarde ailleurs, essayant de se distraire. Je jurerais qu'elle essaie de ne pas rire. Mais mettre plus de nourriture dans sa bouche ne semble pas être la meilleure idée.

Comment diable était-elle un agent du FBI ?

— Quelque chose comme ça, dis-je en regardant Hannah.

La brune aux yeux bleus est innocente ; elle n'a aucune idée de ce que nous faisons, et c'est mieux ainsi. Je doute qu'elle aurait amené Bay avec elle si elle avait réalisé que nous sommes des meurtriers.

Nous ne sommes pas des tueurs sans pitié. Tous ceux que j'ai tué, c'était justifié. Ils ont trahi la famille.

HUIT

Hannah

Le dîner se passe mieux que prévu, étant donné que Bay veut courir partout et explorer chaque pièce du manoir.

Mikhail s'excuse après le dîner et embrasse Madisyn avant de sortir en vitesse de la salle à manger. Il est comme un homme en mission. Est-ce qu'il travaille à toute heure de la nuit ? C'est comme ça qu'il peut s'offrir une maison aussi luxueuse ?

— Viens, on va passer un moment entre filles, dit Madisyn.

Mon estomac est noué. Elle va vouloir savoir si j'ai parlé de Bay à Luka.

Je n'ai rien dit.

Il est bien trop chaleureux et gentil. J'ai peur de la façon dont il va réagir. Je ne veux pas que Mark ait raison, qu'en parler à Luka soit une erreur, mais ses mots continuent de flotter dans mon esprit, comme un film qui se répète.

Je suis Madisyn dans le bureau, avec une Bay qui se tortille.

— C'était sympa de te voir, dis-je à Luka.

Je devrais lui dire la vérité. Il mérite de l'entendre de ma bouche.

— Ne pense pas que tu en as fini avec moi.

Qu'est-ce qu'il veut dire ? Est-ce que Madisyn lui a dit pour Bay ?

Je suis contente de ne pas avoir beaucoup mangé pendant le dîner parce que je n'aurais pas été capable de me retenir de vomir. Il disparaît dans le couloir, et j'entre dans le bureau avec Madisyn.

Elle allume les lumières et nous fait signe de nous asseoir sur le canapé.

— Par terre, me grogne Bay, qui se tortille pour être libérée.

Je pose ses pieds sur le sol, et elle se précipite vers la fenêtre, fixant la nuit noire. Il n'y a pas grand-chose à voir, mais cela a attiré son attention, ce qui est suffisant pour moi.

Je m'installe sur le canapé, et Madisyn me rejoint.

— Tu lui as dit ?

— Mark ne veut pas que je dise quoi que ce soit. On s'est disputés hier soir, et ce n'était pas mieux après le travail.

— C'était physique ? demande Madisyn.

Son expression est sinistre tandis qu'elle me regarde de la tête aux pieds.

— J'apprécie ton inquiétude, mais je peux gérer Mark.

Luka s'éclaircit la gorge en se tenant dans l'embrasure de la porte ouverte, portant une boîte.

— J'ai apporté quelques jouets du grenier. Bay pourrait aimer jouer avec, dit Luka.

Les yeux de Bay s'illuminent et elle se précipite vers Luka alors qu'il se penche pour poser la boîte en carton sur le sol.

Elle plonge ses petites mains dans la boîte et en sort une voiture de police et un camion de pompiers en plastique.

— Qu'est-ce qu'on dit ? demandé-je à Bay.

— Merci, répond Bay, s'adressant à peine à Luka, son attention se portant sur les véhicules en plastique qui roulent sur le parquet.

— De rien, dit Luka en faisant un sourire en coin. Je vais vous laisser un peu d'intimité, dit-il et il sort du bureau en refermant la porte derrière lui.

J'attends qu'il soit parti, et je suis sûre qu'il n'est pas en train d'écouter de l'autre côté de la porte. Bien que si c'était le cas, il serait plus facile de lui dire.

— Mark m'en veut d'être venu ce soir, que Luka soit là et que je veuille lui dire la vérité.

Madisyn met ses jambes sur le canapé et s'assied face à moi.

— Ça ne dépend pas de Mark.

— Je le sais, mais on va se marier. La dernière chose que je veux c'est de me disputer avec lui en ce moment. Je suis sûre qu'il est très stressé avec le mariage qui arrive.

— Le mariage qu'il te laisse organiser ? (La blonde serre les lèvres.) J'ai essayé de garder mon opinion pour moi, mais peut-être que tu devrais reconsidérer le fait de passer le reste de ta vie avec lui.

— Madisyn ! (Je n'arrive pas à croire sa suggestion.)

— Est-ce que tu l'aimes ? demande Madisyn, en allant droit au but.

Je l'aimais quand il m'a demandé en mariage. Du moins, je pensais que c'était de l'amour, mais plus on passe de temps ensemble, plus j'ai l'impression de subir.

J'évite sa question, mais c'est une réponse en soi.

— Si je dis la vérité à Luka, Mark pourrait ne jamais me pardonner.

— Tu ne peux pas garder ça secret pour Luka. Tu dois lui dire la vérité. (Les yeux de Madisyn se crispent tandis que son regard passe de moi à Bay.) Si tu ne lui dis pas, je le ferai.

— J'ai l'intention de lui dire. C'est juste que je ne suis pas sûre de ce qui va se passer à la maison.

— Tu dois faire ce qui est le mieux pour Bay, dit Madisyn.

Elle a raison. Je sais qu'elle a raison. Et je me suis convaincue de le dire à Luka, mais Mark a réussi à me démolir et à me faire reconsidérer tout ce que je pensais savoir et vouloir faire.

— Je vais surveiller Bay si tu veux parler à Luka.

Ma bouche devient sèche, et ma voix est rauque.

— Maintenant ?

— Rien de tel que le moment présent, dit Madisyn. (Ses yeux marrons brillent comme si elle appréciait mon tourment.) Il suffit de l'arracher comme un pansement.

Je souffle nerveusement et me lève.

— Oui, tu as raison. Je suis venue ce soir pour parler à Luka de Bay. Mark va être furieux, marmonné-je.

— Qu'il aille se faire foutre, dit Madisyn en entendant ma remarque.

Je force un sourire et me dirige vers la porte. Bay ne semble même pas remarquer que je pars. Elle est captivée par les nouveaux jouets que Luka a apportés pour qu'elle s'amuse avec. J'espère qu'elle ne sera pas trop difficile à gérer pour Madisyn.

Lorsque je fais glisser la porte coulissante, Luka est debout dans le couloir, le dos appuyé contre le mur, concentré sur son téléphone.

Il lève les yeux au moment où j'ouvre la porte, et il met son téléphone dans sa poche.

— Besoin de quelque chose ? demande Luka.

— En fait, oui. Je voulais te parler, seule à seul.

Je joue anxieusement avec mes doigts, incapable de libérer l'énergie nerveuse qu'ils renferment.

Luka jette un coup d'œil au bureau qu'occupent Madisyn et Bay.

— Et si on trouvait un endroit privé ? suggère-t-il. Il m'attrape doucement le bras, et je grimace.

Je n'en avais pas l'intention, mais Mark a probablement laissé un bleu plus tôt dans la soirée. Je n'avais pas mal jusqu'à ce que Luka le touche.

Il fronce les sourcils, ouvre une porte, allume la lumière et me fait signe d'entrer. C'est une autre pièce avec un profond bureau en acajou au centre, des classeurs noirs contre le mur, et une porte de placard derrière le meuble, avec une serrure à l'extérieur. Il y a un canapé en cuir contre le mur.

Il ferme la porte derrière moi. Il n'y a pas de fenêtre, et personne ne peut entendre notre conversation avec la porte fermée.

J'expire lourdement. Mon estomac gronde, et je n'arrive pas à calmer mes nerfs.

— C'est à propos de Mark ? demande Luka.

Sa voix est gentille et douce, tendre. Il s'approche, sa main vient effleurer une mèche de cheveux derrière mon oreille.

— C'est à propos de Bay, dis-je.

Les coins de ses lèvres se froncent.

—Est-ce qu'elle va bien ? (Son ton est empreint d'inquiétude et il s'appuie sur le bord de son bureau pour soutenir son poids.) Elle a l'air de s'être amusée ce soir. Elle ne va pas bien ?

Je pousse un soupir de soulagement. Heureusement, Bay est en bonne santé.

— Bay va bien... C'est ta fille, dis-je avant de pouvoir m'en empêcher.

Je m'imaginais lui dire comment j'avais essayé de le joindre, de le trouver, de le traquer, mais je ne savais pas où il vivait, travaillait, ni même son nom de famille.

— Quoi ? Les yeux de Luka s'écarquillent comme s'il venait d'être giflé.

— Quand on a... cette nuit-là, il y a plusieurs années. Elle est le résultat, dis-je.

Ce n'est pas très éloquent, mais ça fait l'affaire.

— Et tu me le dis juste maintenant ? Il s'éloigne du bureau.

La pièce est petite, mais il parvient à faire les cent pas derrière le bureau, tout en gardant une distance suffisante avec moi. Luka desserre d'abord sa cravate.

Le petit espace est plutôt étouffant. Il n'est pas le seul à avoir chaud et à se sentir piégé.

— Je suis retournée au bar où on s'est rencontrés, où je pensais que tu aurais pu travailler. Personne ne savait qui tu étais. Et le numéro de téléphone que tu as laissé sur une serviette a été effacé par un verre d'eau.

Je n'ai certainement jamais pensé que j'aurais besoin de garder son numéro ou que nous nous reverrions un jour.

Luka expire brusquement. Son expression est sombre.

— Pourquoi maintenant ?

— Pourquoi pas ? Je le fixe du regard. Madisyn a vu la photo sur mon téléphone. Elle m'a dit qu'elle te connaissait, que tu travaillais pour son petit ami. Je ne m'attendais pas à ce que tu sois au bar hier soir.

— Tu aurais dû me le dire hier.

— Ce n'est pas une conversation qu'on aborde par surprise, dis-je.

Luka passe une main dans ses cheveux courts, noirs de jais.

— Je suppose qu'il n'y a jamais de bon moment pour lâcher ce genre de bombe sur quelqu'un.

Il prend la nouvelle mieux que je ne l'aurais cru.

Il est silencieux, et je peux voir les rouages qui tournent dans sa tête. Il enlève sa veste de costume et la pose sur la chaise du bureau. Le calme qu'il dégage s'évapore rapidement.

— Pendant tout le dîner, tu es restée assise là à me faire croire qu'elle est l'enfant de quelqu'un d'autre.

Son ton monte à mesure qu'il parle.

— Je te le dis maintenant. Je fais un pas en arrière, me heurtant à la porte, la poignée s'enfonçant dans mon dos.

— Pourquoi ? La question de Luka est bourrue. Tu veux de l'argent ? C'est pour ça que tu viens me voir ?

— Bien sûr que non ! (J'attrape derrière moi la poignée de la porte et je m'avance juste assez pour ouvrir la porte et me glisser dehors.) Mark avait raison. C'était une erreur, marmonné-je, mais je ne suis pas particulièrement discrète avec ma remarque.

— Reviens ici ! crie Luka.

Je ne l'écoute pas. C'est déjà assez difficile de devoir gérer les crises de colère de Mark. Je n'ai pas besoin de faire partie des crises de Luka. Je me précipite dans le couloir et me glisse dans le bureau, en soulevant Bay du sol.

— Pose-moi ! Bay se tortille et donne des coups de pied, se tortillant.

— Il est temps de partir, dis-je en la portant dans le couloir.

Madisyn saute du canapé.

— Que s'est-il passé ? Elle me poursuit alors que je me dirige vers le hall d'entrée pour récupérer nos manteaux.

— Je dois rentrer chez moi avant de me transformer en citrouille, dis-je.

Je récupère mes clés dans ma poche et clique sur le bouton démarrer, laissant la voiture chauffer.

Madisyn est juste derrière moi. Elle attrape les bottes de Bay et l'aide à les enfiler pendant que j'ouvre le placard à manteaux.

Luka est sur mes talons.

— Il faut qu'on parle, dit Luka, la mâchoire serrée.

Il croise ses bras sur sa poitrine. Ses biceps se tendent à travers sa chemise blanche impeccable.

Il est beau sans son costume, et mon esprit vagabonde vers nous deux cette nuit-là, mon corps enroulé autour du sien, mon dos contre la porte, le réfrigérateur, partout sauf le lit.

Je ne devrais même pas penser au sexe avec Luka Ivanov.

Je suis fiancée.

— Je dois rentrer à la maison, dis-je en passant devant lui pour récupérer le manteau de Bay.

Je me penche, je l'aide à mettre sa veste avant de prendre la mienne sur le cintre. J'enfile mes bottes, mets le chapeau de Bay sur sa tête et enfile ses gants.

— Merci de nous avoir invités à dîner, dis-je en donnant à Madisyn un rapide câlin au revoir.

— Bien sûr. Je te verrai au travail demain.

Je prends Bay et je me dépêche de sortir.

Luka est sur mes talons et me suit jusqu'à la voiture. Je déverrouille la porte arrière avec la clé électronique, et Luka l'ouvre pendant que j'installe Bay dans son siège et que je la mets en place.

— Si tu ne veux pas d'argent, pourquoi me parler d'elle ?

Je ferme la porte de la voiture et fourre mes mains dans ma poche. L'air est glacial, mais il n'est pas plus mordant que l'humeur de Luka.

— Je pensais que tu voudrais savoir que tu as un enfant, peut-être même être un père pour elle.

Je pensais faire ce qu'il fallait, permettre à Luka de connaître Bay et à ma fille d'avoir la chance de connaître son père biologique.

Pinçant l'arête de mon nez, je m'adosse à la portière de la voiture.

— Ecoute, je ne veux rien. C'était une erreur de venir ici, de te parler de Bay. Oublie tout ça. D'accord ? Tu peux continuer ta vie, ignorant béatement que tu as eu un enfant.

Luka grogne et se penche, son corps me coinçant contre le métal froid de la voiture.

— Ce n'est pas juste. Je ne savais rien il y a encore quelques minutes.

Il est assez proche pour que je sente son souffle et que je frissonne à cause de sa proximité.

— Je mérite une chance de connaître Bay, dit-il.

Je pose doucement ma main sur sa poitrine et le repousse, ayant besoin d'espace entre nous.

— On en parlera un autre jour.

— Quand ?

Je n'y avais pas vraiment réfléchi.

— Tu travailles demain ? demande-t-il.

— Oui. Mais j'ai congé lundi.

— Passe lundi après-midi. Envoie-moi un message avant que tu arrives, et je m'assurerai que je suis libre et on pourra parler. (Il tend la main.) Ton téléphone ?

Je sors mon téléphone de ma poche et je grimace devant la demi-douzaine d'appels manqués et les quatorze messages non lus que Mark a envoyés. Il n'a jamais été exceptionnellement collant, mais mon estomac se noue.

— Quelqu'un est très demandée, dit-il en remarquant les notifications sur mon écran.

— Ouais. Je n'ai pas envie d'en parler.

Bon sang, je n'ai pas envie de rentrer chez moi et de m'occuper de Mark, mais je ne peux pas faire l'autruche.

Je tends mon téléphone à Luka, et il entre son numéro de portable.

— Envoie-moi un sms quand tu seras en route.

— Je le ferai. Ce sera après le déjeuner, vers 13 heures, dis-je.

— C'est bien.

Il me tend mon téléphone et se penche, son souffle se mêlant au mien. J'inspire vivement, et il effleure ma joue avec ses lèvres.

— Prends soin de toi, murmure-t-il, ses lèvres se rapprochant de mon oreille. Et si ton petit ami pose un doigt sur toi, je le tue.

NEUF

Luka

Le lendemain ...

Nikita passe sa tête dans mon bureau.

— Tu as de la visite, dit-il.

— Vraiment ?

Hannah n'est pas censée passer avant demain. Je sors de derrière mon bureau et me dirige vers le couloir.

Que fait-elle ici ?

Hannah et Bay se tiennent dans l'entrée près de la porte principale, une valise à la main. Hannah tremble, et Bay est accrochée à la jambe de sa mère. Je n'ai jamais vu la petite fille avoir l'air aussi effrayée. Hier, elle était pétillante et expressive, désireuse d'explorer chaque centimètre carré de la propriété.

— Entre, dis-je en m'agenouillant pour aider Bay à enlever son manteau.

Hannah reste là, figée.

Engourdie.

Je vais tuer celui qui lui a fait ça.

Hannah n'a pas dit un seul mot. Sa lèvre inférieure tremble, et je jette un coup d'œil par-dessus mon épaule à Nikita.

— Va trouver Madisyn.

Ses sourcils se froncent, mais il suit mon ordre et se précipite dans la cage d'escalier.

J'enlève le chapeau, les gants et les bottes de Bay avant que Madisyn ne descende les escaliers.

— Oh mon dieu ! La voix de Madisyn porte dans le couloir, et elle se précipite vers la porte d'entrée. Tu n'étais pas au travail aujourd'hui.

— Il ne voulait pas me laisser partir, murmure Hannah.

Sa voix craque, et elle essaie de rester forte. Pour le bien de Bay, je suppose.

— Quoi ? Est-ce que je l'ai bien entendue ?

Mon sang bouillonne, et je laisse tomber la veste de Bay sur le sol, étourdi. Je me penche et ramasse la veste violette sur le sol.

Ce foutu mariage a intérêt d'être annulé.

Il n'y a pas moyen que je la laisse partir et retourner avec lui. Certainement pas avec mon enfant. Cependant, elle a apporté une valise. Peut-être qu'elle a l'intention de rester ici. Hannah a à peine dit deux mots. Sa lèvre inférieure tremble, et la fille a l'air d'être en état de choc.

Mikhail ne sera pas content si elle a l'intention de rester à la propriété. Je devrais lui parler avant Madisyn, lui expliquer la situation.

C'est quoi la situation ?

Hannah n'a presque rien dit depuis qu'elle a mis les pieds à l'intérieur. Je jette un coup d'œil par la fenêtre. Il n'y a aucun signe de sa voiture.

Comment est-elle arrivée ici ?

— Là, dit Madisyn en prenant le manteau de Bay de mes mains.

Elle emmène les vêtements dans le placard de l'entrée, accroche sa veste et met les gants dans les poches.

— Laisse-moi prendre ton manteau. Tu peux rester aussi longtemps que tu en as besoin.

Je ne sais pas pourquoi je fais une offre aussi généreuse sans consulter Mikhail, mais les mots sont sortis avant que je puisse les rétracter.

Elle a des problèmes et a besoin de mon aide.

Ses lèvres s'écartent, mais les mots ne sortent pas. Elle bouge les lèvres pour dire un simple merci.

Elle déboutonne son manteau, et je retire sa veste, remarquant une décoloration autour de son cou.

— C'est un bleu ?

Est-ce que ce bâtard a posé un doigt sur elle ? Ma respiration devient plus forte et plus dense alors que la colère monte à la surface.

Hannah soulève le col de sa chemise, mais cela ne fait rien pour cacher la marque laissée derrière. Seul un lâche utilise la violence pour intimider et menacer une femme.

— Je vais le tuer, dis-je entre mes dents.

Ce n'est pas une menace en l'air. Je vais enterrer vivant ce connard. Quiconque s'en prend à Hannah aura affaire à moi.

Je sors mes clés de voiture de la poche de mon pantalon. Il n'y a pas moyen que je reste sans rien faire pendant qu'il fait du mal à Hannah.

Il doit payer pour ce qu'il a fait.

Les yeux bleu pâle d'Hannah s'écarquillent et sa respiration est saccadée.

Madisyn s'éclaircit la gorge et me regarde fixement.

— N'y pense même pas.

Qu'est-ce que j'ai fait ?

— Garde un œil sur Bay, et je vais emmener Hannah à l'étage et l'installer.

Madisyn n'attend pas que je réponde. Elle fait signe à Nikita de prendre la valise de son amie.

Nikita récupère sans rien dire son unique bagage et le porte à l'étage.

Depuis quand Madisyn est en charge ?

— Tu veux que je reste ici et que je laisse le bâtard qui a frappé ton amie s'en sortir ? Ce n'est pas comme ça que je fonctionne. Il mérite de payer pour ses péchés et je suis l'homme qu'il faut pour lui donner une leçon.

— S'il te plaît, non.

Des larmes coulent sur la joue d'Hannah et les larmes de Bay suivent. Hannah lève les yeux vers moi, sa lèvre inférieure tremble, et les larmes abondent dans ses yeux.

— Garde un œil sur Bay.

Comment puis-je lui dire non ?

Je me penche à la hauteur de Bay.

— Salut, dis-je, en lui offrant un sourire gêné.

Ce n'est pas comme si je n'avais jamais été en présence d'enfants. La sœur de Mikhail a élevé ses jumeaux les premières années dans la propriété jusqu'à ce qu'elle renoue avec le père.

Bay essuie les larmes de son visage avec le dos de sa main.

— Je me souviens de toi, dit-elle.

Je l'espère, j'ai dîné avec l'enfant et avec Hannah, hier.

La petite fille continue de me fixer avec de grands yeux et des reniflements.

— Bien, dis-je en soupirant. Et si on te trouvait un mouchoir ?

Bay acquiesce vigoureusement, et c'est suffisant pour moi. Au moins, la petite ne se bat pas contre moi, en me suppliant d'être aux côtés de sa mère.

Madisyn prend la main d'Hannah et la guide dans la cage d'escalier tandis que je conduis Bay dans le bureau pendant qu'elle est momentanément distraite.

La boîte de jouets est placée contre le mur, et Bay court vers elle, sort les véhicules en plastique et s'assoit sur le sol.

Je prends la boîte de mouchoirs en papier sur la table voisine et j'en apporte un à Bay, le lui tendant.

Elle lève la tête vers moi et attend. Hannah doit adorer cet enfant.

— Tiens.

Je tends le mouchoir à Bay, et elle se tapote les yeux, imitant probablement ce que sa mère fait pour elle.

Quand elle a fini, je le jette à la poubelle et je m'assieds sur le canapé à proximité. Bay n'est pas particulièrement bavarde ce soir. Est-ce à cause de ce qui s'est passé à l'appartement ?

A-t-elle été témoin de ce qui s'est passé entre Hannah et son fiancé ?

Je ravale la boule dans ma gorge.

A-t-il levé la main sur Bay ?

Elle ne semble pas aller mal physiquement. Emotionnellement, je ne peux pas dire.

— Lequel de tes camions est ton préféré ? demandé-je alors qu'elle percute le véhicule de police avec le camion de pompiers.

C'est ma fille, semant le chaos.

Mon estomac se crispe à mon admission intérieure et à mes pensées, ma fille. C'est ma fille. Je m'accroupis, et elle me tend la voiture de police.

Pas mon premier choix, mais je ne vais pas discuter avec Bay. Je ne veux pas la voir pleurer à nouveau, et au moins la dernière fois ce n'était pas de ma faute.

— Merci.

Je force un sourire.

— Assieds-toi, ordonne-t-elle en désignant le sol.

Je me laisse tomber sur mon cul sans cérémonie en la rejoignant par terre. Bay emboutit son camion de pompiers dans ma voiture de police.

— Papa dit qu'on doit déménager.

— Papa ? répété-je, confus par sa remarque.

Elle soulève le camion de pompiers dans les airs comme s'il était capable de voler et le laisse tomber au sol.

— Je ne veux pas déménager à Cannon.

Cannon ? Putain, c'est où ça ? Est-ce que Hannah veut déménager ? Est-ce qu'elle a prévu d'emmener Bay ?

La pièce est chaude, et l'air semble aspiré directement de mes poumons. Je ne peux pas prétendre rester assis ici et jouer plus longtemps.

— Reste ici, exigé-je et je pose la voiture de police sur le sol à côté de Bay.

Je me lève et je me dépêche de sortir de la pièce, en fermant la porte. Je passe devant Nikita.

— Reste à l'extérieur du bureau, et assure-toi que Bay ne sorte pas.

Je montre du doigt la porte fermée du bureau au bout du couloir.

— D'accord, dit-il et il se dirige vers l'endroit d'où je viens pendant que je marche à grands pas vers la cage d'escalier et monte les marches deux par deux.

Je soupçonne Hannah d'être dans la chambre vide à côté de celle de Madisyn, mais il y a pas mal de chambres inoccupées au deuxième étage et une demi-douzaine d'autres au troisième.

La chambre est fermée, mais je peux entendre des voix étouffées de l'autre côté. Je frappe fort avant d'ouvrir la porte d'un coup sec.

Hannah est assise sur le lit, et Madisyn est à côté d'elle. Hannah a pleuré. Ses yeux sont rouges et gonflés, et elle essuie les derniers restes de larmes comme si elle pouvait me cacher sa douleur.

— Je t'ai demandé de garder un œil sur Bay, dit Hannah.

Elle regarde derrière moi. Est-ce qu'elle s'attend à ce que je l'ai amené à l'étage ?

— Elle est dans le bureau avec une poignée de jouets. Elle va bien. Nikita garde un œil sur la porte si elle se promène dehors à ta recherche.

Hannah presse ses lèvres l'une contre l'autre et hoche la tête. Elle expire lourdement par le nez, et je pense qu'elle a peut-être fini de pleurer.

— Bay a mentionné que tu déménageais.

Elle tire sa lèvre inférieure entre ses dents, la rongeant nerveusement - son regard se tourne vers Madisyn.

— Tu veux que je vous donne une minute à tous les deux ? demande Madisyn à Hannah.

Les épaules d'Hannah s'affaissent, ses mains sont nichées sur ses genoux.

— Oui, si tu veux bien. Tu peux aller voir Bay ?

— Bien sûr, je vais lui tenir compagnie. (Madisyn fait un câlin à Hannah avant de descendre du bord du lit et de passer devant moi en se dirigeant vers la porte.) Elle est vulnérable. Ne t'avise pas de lui faire du mal, me menace Madisyn à l'oreille en sortant de la chambre.

Je n'en rêverais même pas. Ce n'est pas elle qui mérite ma colère.

Ce connard de fiancé, j'espère que je peux l'appeler son ex-fiancé. Il ne la mérite pas.

Madisyn sort silencieusement de la chambre et ferme la porte derrière elle, nous laissant seuls.

— Où se trouve Cannon ? demandé-je, en croisant mes bras sur ma poitrine. Est-ce qu'elle prévoit de quitter la ville pour s'éloigner de ce bâtard ?

Ses sourcils se froncent, et son nez se plisse à ma question.

— Quoi ?

Ce serait presque mignon si je n'étais pas de plus en plus irrité qu'elle envisage de quitter New York et qu'elle n'ait pas l'intention de me dire la vérité.

— Je viens d'apprendre par Bay que tu déménages.

Les yeux d'Hannah s'illuminent comme si elle comprenait ce que je demande.

— Les îles Caïmans.

— Tu déménages ?

Merde.

— Non, je veux dire je ne veux pas. (Hannah laisse tomber sa tête dans ses mains, le visage baissé vers ses genoux.) Mark insiste pour qu'on déménage aux Caïmans après notre mariage.

— Tu as toujours l'intention de l'épouser ?

Je m'assieds à côté d'Hannah sur le lit, mes jambes frôlant les siennes alors que le lit s'incline.

— Non, mais je n'ai pas encore vraiment rompu avec lui non plus. Je suis partie en douce avec Bay quand il est allé prendre sa douche.

Sa voix se brise, et j'enroule mon bras autour de ses épaules. Instantanément, elle appuie sa tête sur mon épaule et émet un souffle aigu comme si elle essayait de ne pas pleurer.

— Peu importe ce dont tu as besoin, je suis là.

J'ai envie de défoncer la tête de ce connard sur le trottoir, mais je n'imagine pas qu'Hannah appréciera le geste. Bien que ça puisse valoir son regard désapprobateur, je ne veux pas l'effrayer.

— Merci, dit Hannah en poussant un gros soupir.

Elle pose une main sur ma cuisse, et ma queue tressaute dans mon pantalon. Un seul contact et mon corps réagit, désireux de lui faire plaisir, mais ce n'est pas ce qu'elle veut ou ce dont elle a besoin de ma part. Je pose ma main sur la sienne, reposant sa paume sur ses genoux.

C'est l'adrénaline et son parfum qui libèrent des hormones dans l'air. Je m'éclaircis la gorge et me lève, j'ai besoin de me vider la tête avant de faire quelque chose de stupide, comme l'embrasser.

C'est la dernière chose qu'elle veut de moi.

— Tu as fait du bon travail en élevant Bay, dis-je, en essayant de changer de sujet.

Ses yeux se lèvent pour rencontrer mon regard brûlant.

— Je veux être présent dans sa vie, j'ajoute.

Je ne sais pas à quoi Hannah s'attendait en me disant que je suis le père de Bay, mais si c'est vrai, je ne peux pas ignorer que j'ai un enfant.

— Bien sûr. Je suppose que tu voudras faire un test de paternité, dit Hannah. Bien qu'il n'y ait personne d'autre qui puisse l'être.

Elle détourne le regard, ses joues rougissent. Est-ce qu'elle rougit ?

Je veux vérifier que Bay est ma chair et mon sang, mais ce n'est pas quelque chose à faire immédiatement.

Debout à quelques mètres d'elle, je croise mes bras sur ma poitrine.

— Tu veux parler de ce que ce bâtard t'a fait ? Parce que de la façon dont je le vois, tu devrais soit porter plainte, soit me laisser aller lui casser la gueule.

Le coin de sa lèvre se retourne vers le haut. Est-ce qu'elle pense que je plaisante ? J'aurais volontiers saigné le connard qui lui a fait du mal. Ce n'est pas comme si je ne savais pas où il vit.

— Les flics ne feront pas grand-chose.

— Il a fait ce bleu, dis-je en faisant un geste vers son cou. Il a fait d'autres marques ?

Elle relève le col de sa chemise, mais ça ne sert à rien. Pense-t-elle qu'elle peut me cacher ce qu'il lui a fait ?

— C'était un accident.

— Non. (Je réduis la distance entre nous.) N'excuse pas ses actions. Il savait ce qu'il faisait. Tu l'as dit toi-même. Il t'a enfermée. Il ne t'a pas laissé aller au travail ce matin.

— Mark était en colère contre moi. Il a insisté pour que je te cache Bay. C'est pour ça que nous nous sommes disputés. Ça s'est aggravé quand il m'a dit que ça n'avait pas d'importance ; qu'on déménageait tous aux Caïmans après le mariage.

Je déteste ce type encore plus. Je ne pensais pas que ce serait possible.

— Il mérite d'avoir le visage explosé.

Hannah sourit faiblement.

— C'est peut-être vrai, mais tu n'as pas à défendre mon honneur.

— Le mariage est annulé ?

J'ai besoin d'entendre de ses lèvres qu'elle ne va pas retourner avec lui.

— Je veux qu'il parte de chez moi. Est-ce que Madisyn et toi viendrez avec moi pour lui dire de partir ?

Madisyn et Hannah n'ont rien à faire près de Mark.

— Mikhail et moi allons nous en occuper. (Si Mikhail est occupé, je peux demander à un de nos soldats de m'accompagner.) Est-ce qu'il sait où tu es ?

Sa langue sort, passant sur ses lèvres.

— Je suis sûre qu'il va comprendre que je suis avec Madisyn, mais il ne connaît pas l'adresse, et j'ai laissé ma voiture à la résidence.

— Comment es-tu arrivée ici ?

— J'ai pris un taxi à l'extérieur de l'immeuble. J'ai pensé que ce serait plus sûr que de conduire ma voiture si Mark essayait de la traquer.

Bien, alors on n'aura pas à s'inquiéter de se débarrasser de sa voiture ou de vérifier s'il y a un dispositif de pistage. Je jette un coup d'œil à ma montre. Mikhail et moi pourrions y aller ce soir, malmener Mark, et lui dire de quitter l'appartement, mais je ne me sentirais toujours pas à l'aise à l'idée que Hannah et Bay rentrent chez elles, même si nous changeons les serrures.

— Reste ici ce soir. Je vais parler à Mikhail, et on passera voir Mark demain. Tu as du travail demain matin ?

— Non, je suis censée être en congé, mais je ne me suis pas vraiment présentée au travail ce matin.

— On s'occupera de ça demain. Note l'endroit où Mark travaille, les autres endroits qu'il fréquente et si tu connais les détails de son emploi du temps.

Hannah glousse devant ma minutie.

— Qu'est-ce que tu prévois, un contrat pour sa tête ? Tu es pire que Madisyn. Je ne connais pas l'endroit où il travaille, c'est un cabinet de comptabilité. Je n'ai jamais été à son bureau.

— Ecris juste ce que tu sais.

Elle n'a aucune idée de ce que je suis capable de faire. Mais je doute qu'Hannah soit d'accord pour que Mikhail ou moi exécutions ce bâtard. En plus, je préfère le malmener et lui faire peur.

— Demain, c'est lundi, dis-je en lui rappelant que c'est un jour de travail pour la plupart des gens. Je suppose qu'il doit aller au bureau. Ce serait moins confortable pour lui si on se présentait à son travail. Je veux l'adresse de son bureau et ses horaires.

— Tu veux l'humilier ? Sa main tremble alors qu'elle la pose sur ses genoux.

— Je veux juste clarifier le fait qu'il doit te laisser tranquille, prendre ses affaires et partir.

Hannah se sentira-t-elle en sécurité en retournant à son appartement même après le départ de Mark ? Je n'ai pas envie qu'elle y retourne à moins qu'un de nos hommes ne soit posté devant sa porte, gardant un œil sur eux deux indéfiniment.

— Ça me semble raisonnable, dit Hannah.

Elle se lève et essuie les derniers vestiges de ses larmes, et se dirige vers moi.

— On devrait descendre et voir comment va Bay ? Vous avez mangé quelque chose ce soir ? demandé-je.

— J'ai donné à Bay quelques en-cas, donc elle n'aura probablement pas faim pour le dîner, et je n'ai pas beaucoup d'appétit. (Elle ouvre la porte de la chambre, et je la suis dans le couloir derrière elle.) Donc, tu es souvent chez Madisyn.

— Chez Mikhail, la corrigé-je.

— Exact, dit-elle. Hannah me jette un coup d'œil alors que nous arrivons à l'escalier, attendant ma réponse. Alors ?

Comment lui dire que je vis ici, à l'étage, sans qu'elle se doute de ce qu'on fait pour vivre ?

Quel homme ordinaire a une demi-douzaine d'hommes adultes qui vivent avec lui, et ce n'est pas une maison de fraternité ? Même les milliardaires ont un service de sécurité, mais ils rentrent chez eux quand une autre équipe arrive à la fin de la nuit.

Mikhail n'est pas milliardaire, mais il dirige un empire, et je travaille pour lui, en protégeant notre maison et nos frères.

J'évite sa question. C'est plus facile de la distraire et de changer de sujet.

— Il a toujours un frigo rempli, plaisanté-je en descendant les escaliers, la laissant me suivre. Je suppose que ta chambre est à ton goût.

— Tu es évasif, et j'aime ta façon de changer de sujet sur un coup de tête. Et oui, j'apprécie l'espace que Bay et moi partageons. Je devrai remercier Mikhail personnellement.

Elle me rattrape alors que j'entre à grands pas dans le bureau. Plus vite je serai en présence de Madisyn et Bay, moins j'aurai de questions de la part d'Hannah.

— Maman !

Bay lève les yeux de son camion de pompier et laisse tomber le jouet sans ménagement sur le sol. Hannah traverse la pièce en courant et se penche pour serrer Bay dans ses bras.

— Est-ce que tu t'amuses avec tes nouveaux jouets ?

Bay hoche vigoureusement la tête.

— Il est temps de se préparer à aller au lit, dit Hannah. Tu peux ranger tes jouets ?

Madisyn me tire à part pendant que Hannah aide Bay à remettre dans la boîte les jouets qu'elle a sortis.

— Qu'est-ce qu'il y a ? demandé-je.

— Mark n'a pas arrêté d'appeler et d'envoyer des sms.

Je ne suis pas surpris, vu comment elle est partie et son comportement. Il est probablement en train de supplier Hannah de rentrer à la maison, lui promettant qu'il ne lui fera plus jamais de mal.

Madisyn sort un téléphone de sa poche.

— C'est celui d'Hannah. Elle m'a demandé de le garder. Elle avait peur de faire quelque chose de stupide.

— Il est toujours allumé ?

J'arrache le téléphone de la main de Madisyn et me dirige vers le couloir, en retirant la carte sim.

Comment a-t-elle pu ne pas penser à l'éteindre ? Il pourrait la traquer !

— On a de la compagnie, la voix bourrue de Mikhail traverse le couloir.

Je ferme la porte du bureau, les tenant à l'écart du problème qui est sur le point de surgir.

— Savons-nous qui c'est ?

— Je suppose que c'est l'ex d'Hannah. Nikita a mentionné qu'Hannah était venue à l'improviste. Le connard est probablement à la recherche de son enfant.

— Bay n'est pas son enfant.

Je ne vais pas élaborer.

Je m'approche de la fenêtre et jette un coup d'œil à travers les rideaux ouverts. Il est difficile d'y voir grand-chose dans l'obscurité, mais il y a un véhicule dont les phares nous éclairent de l'autre côté du portail.

— Qui surveille le portail ? demandé-je, voulant savoir qui est posté ce soir à l'entrée, surveillant la propriété.

— Anton.

J'expire lourdement et je me pince l'arête du nez.

— Ouais, c'est exactement ce que je pensais, dit Mikhail. Si j'avais réalisé que Madisyn avait ramené un problème à la maison, j'aurais envoyé des renforts à Anton à l'entrée.

— Vous êtes inquiet que Mark passe la porte d'entrée ?

Je ne pensais pas que Mikhail aurait des reproches à faire à Anton. C'est un soldat loyal mais jeune. Il n'a pas beaucoup d'expérience du monde, surtout en termes de bain de sang.

Je ne suggère pas qu'Anton abatte Marc, même si ça m'éviterait les problèmes de demain.

— Je suis inquiet de devoir remplacer le portail. Il a l'air faible d'esprit et pourrait traverser l'entrée en voiture, sans se soucier qu'elle est fermée. Comment a-t-il réussi à les retrouver ?

— Le téléphone d'Hannah était allumé. J'ai retiré la carte sim il y a un instant.

Mikhail n'est pas du genre à reculer devant un combat.

Moi non plus.

DIX

Luka

Mikhail ouvre la porte d'entrée, et je l'accompagne à l'extérieur.

Mark est garé juste de l'autre côté du portail, phares allumés, regardant l'enceinte.

— On va se débarrasser de lui, dis-je.

Anton se tient à l'extérieur de la cabine de surveillance et parle avec Mark du côté conducteur du camion noir à quatre portes.

Mark fait tourner le moteur.

— Je veux parler à Hannah ! crie-t-il.

Sa fenêtre est baissée et il frappe le côté de son camion avec sa main.

— Elle a intérêt à en valoir la peine, murmure Mikhail dans son souffle.

Je ne peux pas entendre la réponse d'Anton de l'autre côté de la cour, et je ne réponds pas à Mikhail. Mon arme de poing est chargée et prête si je dois l'utiliser ou menacer ce salaud.

Je marche devant Mikhail, me tenant de l'autre côté de la porte métallique. Nous n'allons pas ouvrir la porte à ce minable. Il n'a pas le droit de s'approcher de Hannah ou de Bay.

Et même si j'avais l'intention de me présenter à son bureau demain, autant lui faire le discours « laisse-la tranquille » que j'avais l'intention de faire.

Une petite porte à côté de la cabine nécessite un code pour entrer et sortir des lieux. Je tape le code à six chiffres et sors.

Mikhaïl me suit et ferme la porte d'un coup sec.

Il faudra me passer sur le corps pour que Mark entre ou s'approche de Hannah et de ma fille.

— Tu crois que c'est bien d'agresser les femmes ? crié-je en me rapprochant du camion, mes foulées étant longues et rapides à l'approche du véhicule.

Mark ouvre la porte d'un coup sec.

Est-ce qu'il pense qu'il a une chance contre moi ?

Anton s'écarte, mais il est armé et prêt à intervenir en cas de besoin. Il attend Mikhail ou mon ordre pour maîtriser l'homme et le mettre à genoux.

Ce serait facile.

Mais je n'ai pas l'intention de faire les choses facilement ce soir.

Mark mérite de souffrir pour ce qu'il a fait, pour avoir blessé Hannah.

Je ne supporte pas les agresseurs.

Mikhail est juste derrière moi. Je peux sentir sa présence sans même regarder par-dessus mon épaule.

Il me laisse prendre les devants. Sait-il pourquoi cela signifie tout pour moi ?

— Je ne sais pas de quoi tu parles. (Mark fait semblant de ne pas comprendre. Ce n'est probablement pas difficile puisqu'il est un idiot, mais ça n'excuse pas ce qu'il a fait à Hannah ou Bay.) Laissez-moi voir ma femme !

Il tombe la tête la première sur moi. Est-ce qu'il essaie de se battre avec moi, parce qu'il n'a aucune chance de gagner, et surtout de se faire un bon cocard ?

Son haleine empeste l'alcool. Comment a-t-il pu conduire jusqu'ici sans se tuer ?

Je ne pouvais pas être aussi chanceux.

Je le repousse contre son véhicule, ma main gauche agrippant sa chemise. Il ne porte pas de veste et est trop ivre pour remarquer qu'il fait froid.

Je suis excité intérieurement par le fait qu'il se soit pointé et m'ait offert un parfait punching-ball.

— Déjà, ce n'est pas ta femme.

Le dégoût m'envahit à l'idée qu'il puisse même penser à l'appeler sa femme comme s'il en était fier et la possédait. Elle n'est pas un objet, et franchement, ils ne sont pas mariés.

Ses mots sont vagues, mais ils sont encore un peu compréhensibles.

— Tu dois être Luka, me dit Mark en ricanant.

Une certaine fierté m'envahit, le fait qu'il connaisse mon nom grâce à Hannah.

Je le lâche. S'il ne peut pas se tenir debout tout seul, qu'il aille se coucher sur le trottoir.

Il vacille un moment, puis se redresse.

Je ne confirme pas mon identité. Ça n'a pas d'importance qu'il connaisse mon nom ou pas. Ce qui compte, c'est qu'il laisse Hannah et Bay tranquilles.

— Est-ce que tu trouves du plaisir à menacer les femmes ? demandé-je, sortant mon arme de son étui et lui enfonçant le canon sous le cou. Est-ce que tu aimes faire croire à Hannah qu'elle ne peut pas partir ? Penses-tu honnêtement que la tenir en otage te donne du pouvoir sur elle ?

Ses yeux sont vitreux, et il frappe mes mains. Tout homme sain d'esprit se replierait sur lui-même avec une arme armée sous le menton.

Mark n'est pas le moins du monde sain d'esprit ou sobre. Je dirai que sa stupidité est due au fait qu'il est ivre et qu'il ne s'est pas rendu compte qu'il se frotte à la bratva.

Il ne me répond pas. Il ouvre la bouche, mais il est muet ou trop ivre pour former une réponse cohérente. J'aimerais penser que c'est la première solution, mais je soupçonne que c'est l'alcool qui fait rage dans son système.

— Tu vas laisser Hannah tranquille. Tu n'auras aucun contact avec elle ou sa fille. C'est clair ?

Mark râle tout bas.

— Quoi ? J'enfonce le pistolet plus loin dans son cou.

Mark déglutit.

— Oui, chuchote-t-il, sa voix aiguë et grinçante.

Il est nerveux ?

Bien. Je veux le faire frémir et se pisser dessus. C'est la chose la plus gentille que je lui ferais avant de le remettre dans son camion.

La sueur brille sur son front.

Si le gars a une crise cardiaque, je le laisse mourir dehors. C'est la meilleure chose que je puisse faire pour Hannah.

— Et cet appartement dans lequel tu as résidé, *l'appartement d'Hannah*, dis-je, en soulignant que ce n'est pas chez lui. Tu prends tes affaires et tu dégages. Si tu la déranges ou si tu t'approches de Bay, on te traquera et on te castrera.

Mikhail vient se placer à côté de moi.

— Considère ça comme la chose la plus aimable qu'on te ferait, ajoute-t-il.

— Je veux l'entendre de la bouche d'Hannah, dit Mark, bien que ses paroles soient plus pleurnichardes et pathétiques que menaçantes.

Je retire mon arme du menton de Mark et la pointe sur son entrejambe.

— Tu as le choix. Laisse-la tranquille, ou je te tire dans la queue. Je ferais une faveur à toutes les femmes de New York.

Mark lève les mains, oscillant un peu en s'appuyant sur le camion.

— Bien. Aucune fille ne vaut ce genre d'ennuis.

Je fais un pas en arrière, juste assez pour que Mark puisse remonter dans son camion et se tuer sur le chemin du retour. On peut toujours rêver, non ?

ONZE

Hannah

Je sors du bureau avec Bay dans mes bras, prête à l'emmener à l'étage et à la mettre au lit. L'un des plus grands messieurs en costume se tient près de la fenêtre, concentré sur quelque chose qui se passe à l'extérieur.

— Qu'est-ce qui se passe ? demandé-je.

Il n'y a aucun signe de Luka. Où a-t-il disparu ?

Madisyn arrive par derrière et jette un coup d'œil par la fenêtre.

— Nikita s'en occupe. Tu devrais mettre Bay au lit.

Elle m'éloigne du hall d'entrée et me conduit à l'escalier.

C'est Mark.

Il doit être dehors, exigeant que je rentre à la maison.

Mes mains tremblent, et je serre Bay plus fort contre ma poitrine en me dépêchant de monter les escaliers.

Madisyn est juste sur mes talons.

— Viens, dit-elle, en nous faisant monter à l'étage, à l'abri des regards.

Du moins, je suppose que c'est son plan si Mark arrive à entrer.

Luka ne le laissera pas entrer dans la maison. Il protégerait Bay, n'est-ce pas ?

— Comment nous a-t-il trouvés ? demandé-je.

Madisyn secoue la tête, sans répondre à ma question, le regard fixé sur Bay. Elle lui tapote le dos et me contourne, ouvrant la porte de la chambre.

— Bonne nuit, Bay, dit Madisyn en lui faisant son plus grand sourire rassurant.

Mon estomac se retourne.

J'aimerais pouvoir me sentir en sécurité et calme et rassurer Bay en lui disant que tout va bien. Madisyn ferme la porte de la chambre derrière nous, et je vais mettre Bay en pyjama. Je n'ai pas apporté beaucoup de vêtements ou d'affaires. J'avais rapidement fourré autant de vêtements de Bay que possible dans un seul bagage et une poignée de mes vêtements à porter. C'était risqué de faire mes bagages pendant que Mark était sous la douche.

J'ai toujours accès à mon compte bancaire. Heureusement, nous ne sommes pas encore mariés. Mais je ne suis pas sûre d'avoir encore mon travail après ne pas m'être présentée ce matin.

Je m'en occuperai demain.

Je tire les couvertures, et Bay grimpe sous les draps.

— Lapin, dit-elle.

Je prends son animal en peluche dans la valise. Elle dort avec son jouet préféré depuis qu'elle est née. Il n'y avait aucune chance de l'oublier et de risquer une crise de nerfs. Au moins, j'ai été assez prévoyante pour le prendre quand j'ai fait la valise.

— Mama. (Bay me fait signe de m'approcher, je la borde et lui donne plein de câlins et de bisous avant d'éteindre les lumières et de sortir discrètement de la chambre.)

C'est peut-être l'heure du coucher de Bay, mais ce n'est pas la mienne. Je suis épuisée, mais je doute que je puisse dormir.

Madisyn se tient dans le couloir, le dos contre le mur.

Je ne m'attendais pas à ce qu'elle m'attende. Je me dirige vers le haut des escaliers, loin de la porte de la chambre, pour que Bay ne puisse pas nous entendre. Je veux qu'elle dorme un peu, et la dernière chose dont elle a besoin c'est que les adultes l'empêchent de dormir.

— C'est vraiment Mark en bas ? demandé-je.

— Dehors, me corrige Madisyn. Il n'est pas dans la maison. Tu peux te détendre, Mikhail ne va pas l'inviter à entrer, et il n'y a aucune chance qu'il passe à travers son armée.

— Son armée ? (Je suppose qu'elle essaie de me faire sentir mieux. Je prends Madisyn dans mes bras.)

Merci. J'apprécie tout ce que tu fais pour moi. Tu es une amie formidable.

— Je sais, plaisante Madisyn avec un large sourire. Ne t'inquiète pas. Je ne vais pas laisser Mark s'approcher de toi ou de Bay. Et je suis sûr que Mikhail et Luka font la même chose. Crois-moi quand je dis que cet endroit est une forteresse.

Ma lèvre inférieure tremble alors que je descends les escaliers. Je suis reconnaissante pour la sécurité renforcée à l'extérieur et le portail gardé. C'est un peu exagéré - pour quoi, exactement, je ne sais pas, mais je m'en moque en ce moment.

La vérité, c'est qu'une petite partie de moi a envie de jeter un coup d'œil par la fenêtre pour voir ce qui se passe, même si je ne m'attends pas à voir grand-chose. Il fait sombre dehors, et s'ils ne sont pas juste devant la fenêtre, c'est probablement impossible de voir quoi que ce soit.

Mais je devrais laisser Luka gérer les choses avec Mark, au moins pour le moment. Je ne suis pas prête à lui parler ou à affronter les dernières vingt-quatre heures avant que Mark ne soit sobre et que j'aie assez dormi pour me sentir à nouveau humaine.

— Viens, dit Madisyn en passant son bras autour de mon épaule.

Elle me guide rapidement devant la fenêtre et dans la cuisine.

— Wow. La pièce est énorme. (Je veux dire, je ne devrais pas être choquée vu la taille de la maison, mais c'est plus grand que mon appartement. Ce qui, je suppose, ne veut pas dire grand-chose. C'est aussi impeccable. Je suppose que Mikhail engage du personnel, si ce n'est un chef.) Tu es sûr que Mikhail n'est pas milliardaire ? plaisanté-je.

Sauf que je suis curieuse de savoir comment il s'offre son style de vie somptueux.

— On pourrait le croire, vu qu'il a tout un personnel pour l'aider ici, dit Madisyn. (Elle ouvre le frigo et prend un sac de raisins. Amenant les fruits à l'évier, elle les lave avant de déposer le contenu dans un bol et de le poser sur le comptoir.) Mange.

— Je n'ai pas faim.

Madisyn se tient à l'autre bout du comptoir. Elle attrape un raisin et le met dans sa bouche.

— Tu rates quelque chose.

Comment peut-elle manger en ce moment ? C'est probablement parce que ce n'est pas son fiancé fou qui essaie d'enfoncer le portail et de la ramener à la maison.

Des pas lourds résonnent dans le couloir. Je frissonne et je jette un coup d'œil par-dessus mon épaule alors que Luka entre dans la cuisine.

— Ton ex est un con, dit Luka.

Il n'édulcore pas ce qu'il pense de l'homme.

— Il n'est pas comme ça d'habitude, dis-je. Je n'ai jamais vu Mark se comporter de la sorte. Il a toujours été gentil et, honnêtement, un peu fade. Un bourreau du travail, mais jamais agressif ou méchant jusqu'à récemment. C'est presque comme si un interrupteur avait été pressé, et qu'un homme fou s'était réveillé et avait pris le contrôle de son esprit et de son corps.

— J'espère que tu n'as pas l'intention de retourner avec lui. (Le regard noir de Luka se durcit en me regardant.) Tu peux trouver mieux que ce minable.

Il fait un pas pour se mettre à côté de moi. Je soupire bruyamment et me penche en avant sur le comptoir, posant mes coudes sur le marbre et mon menton sur mes mains jointes.

— Ce n'est pas si simple.

Il se racle la gorge et il est impossible de ne pas remarquer le regard que Madisyn lance à Luka.

— Quoi ? demandé-je.

Ils ont une conversation privée avec un simple regard, et je n'en fais pas partie.

Luka se racle à nouveau la gorge et Madisyn secoue subtilement la tête. Je laisse tomber mes bras sur les côtés.

— C'est ridicule ! Si tu as quelque chose à dire, dis-le, dis-je.

Luka envahit mon espace personnel. S'il s'approche encore, il sera sur mes genoux. Sa jambe frôle la mienne, et ses doigts passent doucement dans mes cheveux avant de guider mon menton vers le haut pour croiser son regard.

— Tu ne retourneras pas avec lui.

Sa voix est dure, et il y a une finalité dans son ordre.

Son toucher envoie une décharge dans mon corps, et ma respiration s'intensifie. C'est subtil. Du moins, j'espère que Luka ne remarque pas l'effet qu'il a sur moi, la façon dont mon corps répond volontiers à ses ordres.

Madisyn sort discrètement de la cuisine, nous laissant seuls tous les deux.

Mon cœur martèle contre ma cage thoracique. Luka n'a pas relâché sa prise sur mon menton. Sa main caresse doucement mon cou.

— Tu mérites mieux, souffle Luka, et ses lèvres sont suffisamment proches pour que je sente son souffle chaud me chatouiller.

Je veux l'embrasser, mais tout en moi me dit que c'est trop tôt. Nous avons pris cette route une fois, et cela a donné lieu à Bay. Tout ce que je fais à partir de maintenant doit être pour elle.

Son pouce parcourt progressivement ma lèvre inférieure, et le désir monte en moi. Chaque respiration superficielle est plus profonde. La cuisine est chaude et étouffante, comme un sauna, et je suis inondée de chaleur.

— Je n'aurais jamais dû te laisser partir, murmure Luka.

La chaleur qui se répand en moi est différente de tout ce que j'ai pu ressentir avec Mark.

Je me penche plus près et mes lèvres se séparent. J'ai désespérément envie d'embrasser Luka, de le serrer contre moi et de ressentir autre chose que la douleur.

— On ne peut pas, murmuré-je, le regard inébranlable.

J'ai réussi à rompre le charme, et sa main tombe délicatement alors qu'il fait un pas en arrière.

— Tu as raison.

Il se racle la gorge et jette un coup d'œil dans la direction où Madisyn se tenait quelques instants plus tôt.

Est-ce qu'il vient de réaliser qu'elle nous a laissé seuls tous les deux ?

— Je viens de sortir d'une relation, dis-je en guise d'explication.

Ce n'est pas que je ne veux pas me retrouver dans le lit de Luka. C'est qu'on ne peut pas le faire si c'est pour une seule fois. Enfin, techniquement, deux fois.

— Bien. Cet imbécile n'est pas bon pour toi, dit-il.

Sa réponse est bourrue. Il n'y a pas de sourire sur son visage, mais ses yeux ne sont pas froids.

— Il n'était pas très bon au lit non plus, dis-je en affichant un sourire en coin.

Luka s'étouffe en riant.

— Je suis désolé.

Son visage rougit alors qu'il est penché en avant, reprenant son souffle.

Il ne s'attendait pas à ma remarque. C'est la vérité, et même si j'aurais peut-être dû garder ce détail pour moi, ça m'a échappé.

— Ce n'est pas si drôle.

Je me renfrogne et croise mes bras sur ma poitrine.

Il prend une profonde inspiration, retrouvant son calme.

— Tu as raison, *Zaya*. Ce n'est pas drôle. Une femme doit apprécier chaque moment de plaisir.

— *Zaya* ? (Je penche la tête, intriguée par le nom.) Qui est *Zaya* ? Tu es sûr que tu n'as pas une petite amie ou une femme qui se cache dans un coin ? plaisanté-je en jetant un coup d'œil par-dessus mon épaule, trébuchant sur le pied du tabouret du comptoir quand je fais un pas.

Il me rattrape avant que je ne me ridiculise et ne tombe par terre.

Ses mains fortes et rugueuses me stabilisent, et la distance qui s'était créée entre nous disparaît.

Les mains de Luka sont sur mes hanches, et son toucher me donne des papillons dans l'estomac. Ses doigts caressent ma peau entre l'ourlet de ma chemise et mon pantalon.

— Pas de petite amie ou de femme, dit-il. Et j'espère que tu ne ressens pas la même chose à propos de cette nuit que nous avons partagée.

Je gémis sous la caresse de son toucher. Comme par gravité, je suis attirée plus près, nos corps se touchant pratiquement. Il me faut faire beaucoup d'efforts pour maintenir la distance entre nous.

— C'était il y a longtemps, lui rappelé-je. Nous ne sommes pas les mêmes personnes que lors de notre première rencontre.

— Tu veux dire que tu ne te souviens pas de cette nuit ? demande Luka. (Il sourit et baisse les yeux, regardant longuement mon corps habillé, mais je sens qu'il se souvient de moi nue. Il se penche plus près. Son souffle caresse mon oreille.) Il t'a fait une faveur, en montrant son vrai visage.

— Quoi ? demandé-je, en reculant légèrement pour croiser son regard.

Il détourne le regard avec un sourire en coin.

— Je ne devrais pas. Tu as été clair sur le fait que tu veux juste que l'on soit amis. Et je dois respecter cette décision.

Je n'ai jamais autant regretté quelque chose dans ma vie.

— On a un enfant qui doit passer en premier, dis-je. Bay est ma plus grande priorité. C'est en partie pour cela que j'avais l'intention d'épouser Mark, pour lui donner un foyer stable. Ce plan est tombé à l'eau, mais ses besoins sont plus importants que les miens.

Luka pousse une mèche de cheveux derrière mon oreille. Son toucher rallume une vieille flamme.

— *Zaya*, tu dois apprendre à te faire passer en premier.

Je presse mes lèvres l'une contre l'autre.

Il sourit.

— Pas de réponse cinglante ? Son toucher est à la fois apaisant et attise un feu en moi.

— Acceptons de ne pas être d'accord, dis-je.

Si Luka pense qu'il va pouvoir arriver dans mon lit avec des mots, il se trompe. Ses doigts caressent mon cou avant qu'il ne retire sa main.

— Tu ne seras jamais heureuse si tu cours après ce que tu penses qu'elle a besoin.

Je veux m'assurer qu'elle a la meilleure vie possible. En quoi est-ce mal ?

— Elle a besoin d'un foyer stable. (Il ne peut pas dire le contraire, et c'est quelque chose que je n'ai pas eu en grandissant.) Je veux lui donner une meilleure vie que celle que j'ai eue étant enfant.

— Et tes besoins ?

— J'aimerais avoir un foyer stable, aussi, je souris.

— Installe-toi ici, définitivement, dit Luka.

Il n'y a pas de sourire sur son visage. Pas de rire pour indiquer qu'il plaisante.

Il ne peut pas être sérieux.

Ma mâchoire se décroche à sa demande.

— Réfléchis à ce que tu me demandes de faire. On ne se connaît même pas.

— On se connaissait assez pour coucher ensemble, dit Luka.

Il me prend la main.

Je jure que s'il met un genou à terre, je vais le frapper.

— Je veux être dans la vie de Bay, dit Luka en me serrant la main.

— Et tu le seras. Mais me demander d'emménager avec toi, c'est une étape importante.

Il ne réalise pas qu'emménager ensemble est un pas monumental ?

— Ça n'a pas à l'être. Je me sentirai mieux en sachant que tu n'es pas dans cet appartement. J'ai fait comprendre à Mark qu'il devait te laisser tranquille, mais je mentirais si je disais que je pense qu'il va être intelligent et suivre mon conseil.

— Et Mikhail est ok avec ça ?

— Laisse-moi me charger de lui, dit Luka. C'est un oui ?

DOUZE

Luka

Je ne sais pas comment j'ai convaincu Hannah d'emménager avec moi, mais elle a accepté. A la condition que Mikhail soit prêt à accepter Hannah et Bay sous son toit.

Si je peux lui prouver que c'est bon pour Madisyn, alors il pourrait accepter.

Je frappe à la porte du bureau avant d'entrer et de la refermer derrière moi.

— Luka, dit Mikhail, en levant les yeux de son ordinateur. Quelle nuit, hein ?

Il ferme l'ordinateur et fait craquer ses doigts.

Je m'installe en face de lui dans le fauteuil en cuir noir.

— Ouais, on peut dire ça. (Il travaille tard, alors Madisyn doit s'impatienter en l'attendant à l'étage.) J'espérais pouvoir vous parler de la situation avec Hannah.

— Ce mec est un connard de première catégorie. Je suis content que tu t'occupes d'elle. Ça ne fait pas de mal qu'elle soit mignonne. N'ai-je pas raison ?

— Vous ne vous souvenez pas d'elle ?

Je ne sais pas pourquoi je pensais qu'il pourrait se souvenir. Il était avec moi cette nuit-là au bar, mais il ne lui avait pas parlé et n'avait certainement pas couché avec elle.

— Je suis censé m'en souvenir ? demande Mikhail, un pli au coin de ses lèvres.

— Probablement pas. J'ai couché avec elle il y a quelques années. Il s'avère que la petite fille, Bay, est de moi.

— Merde, murmure Mikhail tout bas. Pourquoi n'a-t-elle pas essayé de te retrouver ?

— Hannah pensait que je travaillais au club. Je suis passé derrière le bar pour nous servir des boissons cette nuit-là, donc je comprends qu'elle ait pu faire cette supposition. Elle a perdu mon numéro ou quelque chose comme ça et ne savait pas comment me joindre.

— Tu es papa, hein ? Mikhail sourit. Je ne te voyais pas me dépasser à la ligne d'arrivée.

— Je n'avais pas réalisé que c'était une compétition.

Malgré le fait que Madisyn soit enceinte, il a raison. Le fait que je devienne père du jour au lendemain est une sacrée surprise.

— Quand n'est-ce pas une compétition ? Mikhail glousse. De quoi voulais-tu me parler ?

Au moins, Mikhail semble être de bonne humeur.

— Je n'aime pas l'idée que Hannah retourne dans son appartement.

Le regard de Mikhail se crispe.

— Tu veux qu'Hannah reste ici, sous mon toit ?

— C'est ce que j'aimerais, indéfiniment. Bay étant ma fille, ce serait bien d'avoir l'occasion d'apprendre à la connaître.

Mikhail se pince l'arête du nez.

— Hannah n'est pas au courant de nos activités. Tu vois comment ça pourrait être un problème ?

Cette pensée m'a déjà traversé l'esprit.

— Elle ne le découvrira pas, monsieur. Madisyn ne lui dira rien, et je m'assurerai que nos affaires ne la concernent pas.

— Elle va vivre sous notre toit, dit Mikhail. Elle sera forcément témoin de quelque chose qu'elle ne devrait pas voir. Es-tu sûr qu'elle est loyale et qu'elle n'ira pas voir les fédéraux ?

— Si elle avait la moindre idée de nos affaires, elle n'accepterait pas de rester.

— Je ne peux pas dire que je suis surpris. Je te suggère de faire en sorte qu'elle ne le découvre jamais. Trouve ce dont elle a besoin de son appartement et arrange-toi pour que le reste de ses affaires soit apporté à la propriété ou placé dans un entrepôt.

— Oui, monsieur, dis-je en me levant.

— Encore une chose, Luka. Si elle vit ici, je ne veux pas de problèmes. Tous les deux, vous devez discuter des règles de base avant de vous engager dans cette idée de vivre ensemble.

— Règles de base ?

De quoi est-ce qu'il parle ?

— Vous êtes co-parents ? Vous baisez ? Si elle veut ramener un autre homme à la maison, comment vas-tu gérer la situation ?

Mes mains se serrent en poings.

— Elle ne ramènera personne à la maison.

— Bien, dit Mikhail avec un petit sourire en coin. Oh, et je vais demander à Nikita de faire des recherches sur Mark.

— Pourquoi ? Il n'est plus dans la vie d'Hannah, dis-je. Quel est l'intérêt de creuser le passé d'un homme qui pourrait aussi bien être mort pour elle ?

La mâchoire de Mikhail se serre.

— Considère ça comme une intuition. Tu veux peut-être te débarrasser de lui, mais je ne pense pas qu'il soit assez intelligent pour abandonner.

Mikhail a intérêt à avoir tort.

— Je vais me renseigner, dis-je.

— Non. (Mikhail lève une main.) Tu es trop proche d'Hannah. C'est mieux si ça vient d'un autre de mes hommes. Si rien ne ressort, Hannah n'aura jamais à le savoir.

— Et si on trouve quelque chose ?

— Nikita peut être le porteur de mauvaises nouvelles, dit Mikhail.

————

Hannah est introuvable. Cependant, je soupçonne qu'elle est recluse dans sa chambre avec Bay. Je ne veux pas l'interrompre ou la déranger, surtout si Bay est endormie.

Réveiller la petite fille ne va pas me faire gagner des points.

Je ne suis pas fatigué.

L'énergie accumulée coule dans mes veines. J'ai passé une heure et demie à la salle de sport à me défouler sur un des sacs de frappe.

Je devrais être épuisé.

Mon corps est engourdi, de mes jointures que j'ai meurtries jusqu'à mon cœur. Je ne devrais pas me sentir comme ça, en pensant constamment à Hannah et Bay.

Cela n'aide pas que je l'ai accueillie pour vivre sous mon toit, techniquement celui de Mikhail. Et je lui serai redevable pour sa générosité.

Ma peau est couverte de sueur et j'attrape une serviette que je mets sur mon cou. J'ai chaud et froid en même temps.

Chaque halètement est fort et rauque alors que je m'efforce de reprendre mon souffle après l'entraînement. Rester en forme est une obligation. Je suis garde du corps pour la bratva, et je donnerais ma vie pour les hommes que j'ai juré de protéger.

Je passe la serviette dans mes cheveux et la jette dans le bac à linge en sortant de la salle de sport. Je percute Hannah de plein fouet alors qu'elle arrive au coin du couloir. Elle ne devrait pas être au lit ?

Mes mains se tendent vers ses bras pour la stabiliser.

— Désolée, s'excuse-t-elle.

Le regard d'Hannah se déplace sur mon corps de la tête aux pieds.

— Que fais-tu debout ? demandé-je en gardant mes mains sur ses avant-bras.

Ma prise est ferme mais pas dure, et le bout de mes pouces caresse sa peau nue.

Elle est en pyjama. Il est décontracté et confortable, pas le moins du monde sexy, mais elle le rend quand même sexy : un bas en flanelle à carreaux bleu foncé et un t-shirt bleu marine uni lui descendent sur les hanches. La preuve des coups de Mark couvre sa clavicule et son cou. Je jure que je peux voir des bleus avec une empreinte de main autour de sa gorge.

Une chaleur me traverse comme un raz-de-marée.

— Il t'a fait ça ?

Je connais déjà la réponse, mais je pose quand même la question, consterné qu'un homme puisse toucher Hannah de cette manière.

Il a utilisé sa force pour l'effrayer. La terrifier. Et faire en sorte qu'elle le craigne. Quel genre d'animal doit blesser une femme pour la forcer à rester ?

La voix douce d'Hannah brise ma concentration alors que je fixe les marques laissées sur sa peau.

— Ça a l'air pire que ça ne l'est, dit Hannah.

— Ne justifie pas ses actions.

Hannah se dégage de mon emprise et couvre les blessures en brossant ses cheveux vers l'avant avec ses doigts.

— Ce n'est pas ce que je fais, dit-elle.

Cacher les cicatrices ne les fait pas disparaître. Ne le réalise-t-elle pas ? Hannah passe d'un pied à l'autre, mal à l'aise sous mon regard.

— Tu n'arrives pas à dormir ? demandé-je.

Je me demande pourquoi elle est hors du lit. Il est presque minuit.

— Ouais, j'ai du mal à dormir dans un nouvel endroit.

Ça a probablement aussi à voir avec ce qu'elle a traversé. Se détendre pourrait aider. Si elle était à moi, je lui proposerais un massage et un orgasme à couper le souffle pour l'endormir.

Au lieu de cela, j'ai opté pour la deuxième meilleure solution.

L'alcool.

— Viens avec moi, dis-je et je lui fais signe de me suivre. (Je la conduis à mon bureau et ferme la porte derrière elle.) Assieds-toi.

Elle rit doucement.

— J'ai l'impression d'avoir été envoyée dans le bureau du principal, plaisante-t-elle.

Elle s'assied en face de mon bureau et se détend dans le fauteuil en cuir.

— Est-ce que ça arrive souvent avec Bay ?

La petite ne me semble pas avoir de problèmes, mais je n'ai pas passé beaucoup de temps avec elle, seulement quelques heures hier soir, et je n'ai presque pas passé de temps avec elle aujourd'hui.

Un léger sourire se dessine aux coins des lèvres d'Hannah.

— Non.

Sur le meuble de rangement noir derrière mon bureau, se trouve un plateau en argent avec une bouteille de scotch et deux verres.

— Est-ce que tu bois du scotch ?

Je retourne les verres et ouvre la nouvelle bouteille ambrée.

— Pas habituellement, dit Hannah en fronçant son nez à ma question.

— Reste assise, dis-je et je me précipite dans la cuisine.

La propriété est calme à cette heure-ci. Les gardes travaillent à leur poste, mais la plupart dorment ou se détendent avant de se coucher.

Je prends quelques ingrédients dans le réfrigérateur et le garde-manger et reviens avec du jus de citron, du sirop simple et de l'eau gazeuse.

— Qu'est-ce que c'est ? demande Hannah.

Elle n'a pas bougé de sa chaise. Ses mains sont jointes sur ses genoux.

— Je te prépare un Scotch Collins.

— Oh, dit-elle, et sa tête s'incline légèrement tandis qu'elle étudie mes mouvements.

Je porte les ingrédients sur la table et prépare sa boisson pétillante. Son regard brûlant est sur moi en permanence. Même si je lui tourne le dos, je peux sentir qu'elle me regarde, qu'elle observe ce que je fais.

C'est bon d'être remarqué, d'avoir gagné son attention, même si c'est juste pendant que je suis dans mon bureau.

— Voilà, dis-je en lui tendant le cocktail.

Je me sers un scotch et me perche sur le bord du bureau.

Nos genoux se frôlent. Elle rougit et se redresse en sirotant son verre.

— C'est bon, dit-elle. Bien que je ne sois pas sûre que ça va m'aider à m'endormir.

— Tu as l'air tendue. J'ai pensé que ça pourrait t'aider à sortir de ta tête.

— C'est si évident ? Hannah offre un faible sourire, et son attention se porte sur sa boisson, le regard baissé sur le verre.

— Tu as traversé beaucoup d'épreuves. Venir ici pour y séjourner, je suis sûr que ça ne doit pas être facile.

Elle tire sa lèvre inférieure entre ses dents.

— Ce n'était censé être que pour une nuit, dit-elle, à peine au-dessus d'un murmure. (Hannah lève les yeux de son verre.) Je ne veux pas m'imposer.

— Tu ne t'imposes pas, dis-je en posant mon verre de scotch sur le bureau. (En me penchant en avant, je prends son menton, la forçant à regarder dans mon regard brûlant.) Tu mérites tellement mieux que ce connard.

Je suis encore furieux de ce qu'il lui a fait, les bleus sont visibles sous les tubes fluorescents du plafond.

Elle esquisse un sourire narquois et boit la dernière gorgée de son cocktail.

— Ouais, ce connard n'a même pas pu me faire jouir.

— Tu veux un autre verre ?

— Oui, j'en ai besoin, dit-elle en poussant le verre vide dans mes mains.

Je me lève et traverse la pièce pour lui préparer un autre verre. Déjà, elle sourit, et ses joues rougissent.

— Tu ne bois pas beaucoup, n'est-ce pas ?

Elle semble pompette.

— C'est assez difficile de sortir. Être mère célibataire à plein temps met un frein à ma vie nocturne.

— Et ta vie amoureuse ? Je la regarde par-dessus mon épaule pendant que je prépare son deuxième cocktail.

Je remplis mon scotch et lui tend son verre avant de reprendre ma position sur le bord du bureau.

— Personne d'autre que–, Hannah ne finit pas sa phrase, et elle se tortille sur son siège, essayant de se mettre à l'aise.

Peut-être que c'est le fait de penser à lui qui la rend agitée.

— Tu as besoin d'un surnom pour ce connard, dis-je.

— Autre que connard ? Hannah sourit. Pourquoi pas tueur d'orgasme ?

Elle me fixe du regard, et j'essaie de ne pas m'étouffer avec sa remarque.

— Tueur d'orgasme ?

Je porte mon scotch à mes lèvres et en prends une gorgée. J'ai besoin d'une boisson forte pour l'écouter utiliser le mot *orgasme* et ne pas être excité. Elle est magnifique dans son pantalon de pyjama à carreaux sombres trop grand. Ses joues sont roses, et j'imagine que le rougissement se propage dans son cou et sur ses seins.

— Il n'était bon qu'à ça, tuer toutes mes chances de jouir. Tu sais qu'on pourrait l'appeler l'homme de deux minutes ?

Mes yeux s'écarquillent, et j'avale le reste du scotch pendant qu'elle me raconte à quel point Mark était nul au lit.

— Deux minutes, ce serait en fait un record pour lui. Il n'y avait pas de préliminaires. Juste vlan, boum, et assure-toi de la mettre dans le bon trou ! Et ne me lance pas sur quand il essayait de dire des trucs cochons. Ce genre de paroles devraient être interdites !

— C'est un peu dur, dis-je.

Elle hausse un sourcil. Je pense que j'ai peut-être commencé une guerre avec ma *Zaya*.

— Les mecs ne peuvent pas dire des trucs cochons. Ils pensent qu'ils peuvent, mais c'est nul et pas du tout sexy.

Je devrais laisser tomber. Hannah n'a pas les idées claires, mais je ne suis pas d'accord avec elle, et je ne suis pas un homme qui reste assis sans rien faire et accepte ce qu'elle dit comme la vérité.

— Peut-être qu'un homme de deux minutes ne devrait pas être autorisé à dire des trucs cochons, mais je suis sûr que ma bouche cochonne te ferait mouiller, et que tu me supplierais de te satisfaire.

Je la fixe avec mon regard. Les lèvres d'Hannah s'écartent, et elle halète à ma remarque. Ses joues brûlent, et elle presse le verre contre ses lèvres, finissant sa liqueur. Elle me tend le verre vide.

— Un autre ?

— Je pense que tu es arrivée à ta limite, dis-je.

Je ne peux pas imaginer qu'elle sera ravie demain quand elle se souviendra d'avoir révélé à quel point Mark était mauvais au lit.

Elle fronce le nez de la manière la plus adorable qui soit, et sa lèvre inférieure ressort en faisant la moue.

— S'il te plaît ? Ou sinon je dois aller au lit.

Une douzaine d'autres idées me viennent à l'esprit, et aucune d'entre elles n'implique le sommeil.

— Je ne vais pas te laisser te saouler.

Hannah glousse.

— C'est trop tard pour ça.

Deux verres.

C'est tout ce que je lui ai donné, et peut-être qu'il y avait un peu trop de scotch. Je n'ai pas mesuré précisément l'alcool, mais merde - elle est bourrée.

Hannah se lève, ignorant mes paroles, et traverse mon bureau en direction de l'alcool.

— Qu'est-ce que tu crois faire ?

Je hausse un sourcil curieux. Je n'ai jamais vu une femme se servir dans mon alcool ou, vraiment, dans quoi que ce soit chez moi. Bien que, si je dois être honnête, Hannah est la première femme que je ramène à la propriété. Habituellement, mes activités intimes sont gérées ailleurs.

— Je me sers un verre, idiot !

Je suis content qu'elle se sente mieux, insouciante et heureuse. Mais je déteste que la cause de tout ça soit les cocktails. Je préférerais être celui qui l'aide à aller de l'avant et à oublier ce loser.

Je me décolle du bureau et pose mon verre de scotch à moitié entamé sur la table en bois en réduisant la distance entre nous.

— Pas question.

— J'en ai marre des hommes qui me disent ce que je peux ou ne peux pas faire. Je suis une adulte.

Hannah tape de son pied nu comme si elle essayait de prouver quelque chose.

— Faire une crise de colère n'est pas une chose très adulte à faire, chuchoté-je en arrivant par derrière.

Mes mains sont de chaque côté d'elle, mais je ne la touche pas.

Je veux la toucher. Je veux la plaquer contre le bureau, baisser son pantalon et me mettre à genoux. Je lui montrerais ce que c'est que d'avoir un orgasme fascinant avec ses jambes enroulées autour de mon cou.

A-t-elle oublié comment c'était quand on était ensemble ? Ce n'était qu'une nuit, mais je n'ai jamais oublié Hannah.

Comment le pourrais-je ?

J'ai couché avec un bon nombre de femmes, mais aucune n'arrivait à sa cheville. Elle est pure, innocente, et n'a aucune idée de ce que je fais pour vivre. Ce genre de secret rend l'attraction plus chaude et beaucoup plus mortelle.

Hannah tortille ses fesses contre mon aine. Au moins, quand je portais un costume, mes vêtements cachaient mieux mon désir.

Mais je suis en jogging et en t-shirt après une séance d'entraînement à la salle de gym. Je ne m'attendais pas à tomber sur Hannah tard la nuit dans le couloir.

Elle passe sa main dans mes cheveux, me tirant plus près d'elle en se tortillant contre moi.

— Je veux que tu me baises.

— Je le veux aussi, lui chuchoté-je à l'oreille.

— Bien, dit-elle, et elle tourne sur elle-même dans mon étreinte.

Sa bouche est collée à la mienne, et ses bras s'enroulent autour de mon cou.

Il y a un canapé contre le mur de mon bureau, je la soulève dans mes bras et la dépose sur le canapé en cuir noir.

J'enjambe son corps, grimpe sur elle et lui coince les bras au-dessus de la tête.

Je devrais l'envoyer à l'étage et la border dans son lit. Mais je ne suis pas un gentleman.

Elle geint et gémit, enroulant ses jambes autour de moi, le dos arqué et les hanches poussées contre les miennes. Je peux sentir son désespoir. Mais je ne vais pas lui donner ce qu'elle veut, pas si vite.

— Je veux t'entendre crier mon nom, chuchoté-je à son oreille, sans me soucier de réveiller toute la propriété.

Hannah

J'ai peut-être bu deux verres, mais je suis pleinement consciente de ce que je suis sur le point de faire avec Luka Ivanov dans son bureau.

Ces deux derniers jours, Luka m'a fait ressentir bien plus que ce loser ne l'a jamais fait. Pourquoi j'allais épouser Mark ?

Oh, c'est vrai, la stabilité.

Les mains de Luka sont rugueuses et fortes alors qu'il me plaque contre le cuir froid. Ses mots chuchotés, « Je veux t'entendre crier mon nom », me font frissonner.

Cela fait trop longtemps que je n'ai pas senti la marée imminente m'envahir. Le sexe était devenu une corvée, un devoir.

J'ai le sentiment que ce ne sera pas comme ça avec Luka. Ce n'était certainement pas le cas la dernière fois. Comment pourrais-je oublier cette nuit ?

Il fait glisser sa langue le long de mon cou, haletant quand je me tords sous son poids. J'enroule mes jambes autour de lui, le tirant contre moi, voulant sentir son poids sur moi.

— Tu veux jouir, n'est-ce pas, *Zaya* ? Ses lèvres descendent jusqu'à mon ventre et il relâche sa prise sur mes bras.

— *Zaya* ? C'est son surnom pour moi ?

Je desserre mes jambes autour de lui, le laissant prendre le contrôle, juste pour cette fois.

Il ne répond pas par des mots. Luka remonte mon t-shirt en coton, sa langue plonge dans mon nombril et il trace un chemin de baisers chauds sur mon abdomen. Ses doigts effleurent la ceinture de mon pantalon, caressant ma peau nue.

Mon estomac s'agite à son toucher.

— Préservatif ? demandé-je.

— Ce n'est pas quelque chose que je garde dans mon bureau, marmonne Luka contre mon ventre.

— Ce n'est pas pour ça que tu as un canapé en cuir dans ton bureau ?

Je devrais être soulagée qu'il n'ait pas l'habitude de faire venir des femmes ici.

Il sourit chaleureusement, ses yeux me regardant de haut.

— Non, ça ne l'est pas.

Je me déplace pour m'asseoir sur le canapé, et Luka me remet en position allongée.

Il chevauche mes hanches, ses mains serrant les miennes, les bloquant contre le canapé.

— Où est-ce que tu crois aller ?

— Tu n'as pas de préservatif, dis-je.

— Pas dans mon bureau. J'en ai un en haut, dans ma chambre.

Il se penche, ses lèvres écartent les miennes et je le bois.

Je veux l'embrasser. Le goûter. Le dévorer.

— Je ne t'ai pas raconté mes secrets les plus intimes et sombres pour que tu couches avec moi, avoué-je.

Ce n'est pas pour ça que je lui ai parlé de Mark. Je ne sais pas pourquoi je lui ai dit que le sexe était horrible et que j'avais envie des caresses d'un vrai homme.

Les yeux de Luka brillent. Il ne bouge pas de sa position au-dessus de moi, me coinçant entre lui et le canapé en cuir.

— Crois-moi, ce n'est pas pour ça que je fais ça, *Zaya*, dit Luka. Tu mérites d'être adorée, mais je ne suis pas un homme désintéressé.

Je me penche pour l'embrasser, le faisant taire. Il a enflammé mon corps, et je ne veux pas que ce moment se termine. Luka n'est rien de moins que la perfection, et je n'ai même pas encore ouvert le cadeau.

Ses lèvres se déplacent vers mon cou, et sa main effleure mon flanc. Je gémis à cause des bleus récents que Mark a laissés sur ma peau. Les cicatrices sont encore fraîches et douloureuses.

Luka sent mon malaise. Tout sentiment de calme est abandonné.

— Je vais le tuer, grogne Luka, sa lèvre supérieure se retrousse.

Ses mots provoquent un frisson dans ma colonne vertébrale.

— C'était une erreur, dis-je.

Les sourcils de Luka se froncent. Son regard me donne l'impression d'être aussi exposé que les blessures que Mark a laissées derrière lui. J'appuie une main sur la poitrine de Luka et le repousse doucement.

Je ne suis pas prête pour ça, pour nous.

Luka quitte le canapé et me laisse toute la place. Il passe ses doigts dans ses cheveux, respire profondément et lourdement en reculant vers son bureau.

— Tu es en colère ? Je me redresse sur le canapé et arrange mes vêtements qui sont un peu débraillés par nos activités.

— Pourquoi serais-je en colère ? demande Luka.

Il laisse tomber ses mains sur les côtés. Je ne réponds pas. N'est-ce pas évident ?

— Je te déçois, dis-je.

Il se met à genoux, balaie une mèche de cheveux derrière mon oreille et relève mon menton pour que je croise son regard.

— Tu ne peux pas me décevoir, *Zaya*.

— Et Hannah ? Est-ce que Hannah te déçoit ? demandé-je.

Ça fait bizarre, mon nom sortant de mes lèvres, mais je ne sais pas pourquoi il continue à m'appeler *Zaya*. Ce n'est pas mon nom. Souhaite-t-il que je sois quelqu'un d'autre ?

Il me tire sur ses genoux en se rasseyant sur le canapé.

— C'est un petit nom, une marque d'affection, murmure Luka. (Ses doigts caressent mes cheveux, jouant avec les mèches.) Tu es à moi.

La poigne de Luka se resserre et il me serre contre lui.

Ma bouche devient sèche, et ma voix est rauque et râpeuse.

— A toi ? (Il a perdu la tête.) On ne se connaît que depuis deux jours, Luka.

— On a une fille ensemble.

Il est fou. C'est la seule façon d'expliquer sa possessivité.

— Oui, tu as aidé à concevoir Bay, mais c'est ma fille.

— Elle est autant à moi qu'à toi. (La voix de Luka résonne dans le petit espace.) J'aurais été là pour elle et toi si j'avais su qu'elle existait.

Je descends de ses genoux et me lève, croisant mes bras sur ma poitrine.

— J'ai essayé de te retrouver. J'ai fait tout ce que j'ai pu, je suis retournée au bar où on s'est rencontrés, mais personne ne savait qui tu étais.

Il ne me croit pas ?

— Je sais, tu me l'as dit hier soir, dit Luka. Je ne doute pas de toi. Je n'aime pas avoir manqué la naissance de Bay, ses premiers mots ou ses premiers pas. Je veux être là pour elle et pour toi.

— Tu me connais à peine, dis-je. C'est fou, que je vive ici avec toi.

Ne pense-t-il pas que c'est trop tôt ? Pourquoi ai-je sauté sur l'occasion ? Je pourrais prendre un hôtel pour quelques nuits et m'éloigner de Mark tout aussi facilement.

Luka ne se lève pas. Il me laisse de l'espace en me regardant fixement. Il joint les mains. Son ton est ferme et direct, mais pas le moins du monde menaçant.

— Je ne suis pas d'accord. Mark est dehors, et jusqu'à ce que je sache avec une certitude absolue qu'il ne fera pas de mal à toi ou à notre fille, je ne peux pas en bonne conscience te laisser partir.

Je ris à ses mots. Il n'est pas sérieux.

— Tu me gardes ici contre ma volonté ?

Il presse ses lèvres l'une contre l'autre.

— Ne transforme pas ça en dispute, Hannah. Tu es libre d'aller et venir comme tu veux, mais je ne fais pas confiance à Mark, et je ne pense pas que ce soit sûr pour toi de rentrer chez toi.

— Mark quitte mon appartement. (C'est pas ce que Luka m'a dit ?) Mark a compris que c'était fini entre nous, et qu'il sortirait de nos vies. Il fait ses bagages, et il sera bientôt parti.

— Oui, mais qu'est-ce qui l'empêchera de revenir ? Les hommes comme Mark ne partent pas d'eux-mêmes.

— Que suggères-tu que je fasse ?

— Je t'ai déjà invité à rester ici, dit Luka. (Il étire ses bras, les mettant derrière sa tête.) Pourquoi on se dispute ?

— Je ne sais pas. C'est toi qui as commencé, dis-je.

Luka se lève et m'attrape par la taille, me faisant passer par-dessus son épaule.

— Pose-moi par terre ! couiné-je.

— Tu me fais confiance ? Sa voix est rauque et profonde.

J'ai l'estomac tout retourné. Il y a une dominance en lui, quelque chose que Mark n'a jamais possédé. Il voulait peut-être être dominant, mais il était loin de prendre le contrôle.

— Je te connais à peine, murmuré-je.

Ma voix se brise, et il me garde sur son épaule alors qu'il se dirige vers la porte du bureau.

— Tu peux ne pas faire de bruit ?

Non, je ne peux vraiment pas.

Je ne fais pas une promesse en l'air, et il pousse un lourd soupir en posant mes pieds sur le sol.

— Tu ne me fais vraiment pas confiance. Je devrais tuer ce connard qui t'a fait du mal.

Comment dois-je répondre à ça ? Il n'a pas tort, Mark est un connard, mais il n'a pas toujours été comme ça. Certainement pas avec Bay ou moi.

Mais il y avait des signes, des signaux d'alarme apparents que j'ai complètement ignorés. Le premier était la façon dont il traitait ses collègues de travail. Il les rabaissait et se vantait devant moi de ses exploits.

— Viens avec moi, dit Luka, et il me prend la main pour me faire sortir de son bureau.

Je lui obéis. Je suis Luka dans l'escalier. Est-ce qu'il m'emmène dans ma chambre ?

Nous passons devant la porte de ma chambre, où Bay dort profondément, et allons jusqu'au bout du couloir. Sa main ne se desserre pas alors qu'il m'escorte jusqu'au troisième étage.

— Où est-ce que tu m'emmènes ? chuchoté-je, ne voulant réveiller personne.

— Tu as besoin de te détendre, et j'ai besoin d'un autre verre, dit Luka.

C'est pas ça qui nous a mis dans cette situation en premier lieu ? En tout cas, ce soir.

— Tu es sûr que c'est une bonne idée ?

Il lâche ma main et me regarde par-dessus son épaule. Je suppose qu'il me laisse partir. Si je veux partir et retourner dans ma chambre, je peux. Mais je déteste admettre que je suis curieuse de savoir ce qu'il a en tête. J'ai l'impression que l'idée de faire l'amour est déjà passée.

Il continue à monter les dernières marches, et je le suis.

Le couloir est faiblement éclairé, les lumières étant éteintes à l'exception de quelques appliques murales qui éclairent le passage. Il y a plusieurs pièces, les

portes étant fermées pour chacune d'entre elles. Est-
ce là que les gardes dorment ?

Nous passons trois portes, et la quatrième sur la
gauche, Luka descend la poignée et entre à
l'intérieur. Je le suis et il allume une lampe,
plongeant la pièce dans une lueur douce et chaude
avant de refermer la porte.

— Tu es fatiguée ? demande Luka en me regardant
par-dessus son épaule.

— Pas vraiment, dis-je.

Je sais qu'il est tard, mais je pense que mon cerveau
est trop stimulé. Je vais le payer demain quand je
devrai me lever et que Bay sera complètement
réveillée à l'aube.

— J'espère que tu ne t'opposera pas à ma prochaine
suggestion, dit-il et il se dirige vers la chambre,
ouvrant une porte.

Est-ce une garde-robe ? Je me lève, les pieds
fermement plantés sur le tapis.

— Je te jure, Luka, si tu ouvres la porte d'une
chambre rouge, je m'en vais.

Il ouvre la porte adjacente, allume la lumière, et sourit.

— C'est une salle de bain, dit-il. Je suis surpris que tu saches ce qu'est une chambre rouge, *Zaya*. Je ne te pensais pas de ce genre.

— Je ne le suis pas, dis-je en me raclant la gorge. Il fait chaud ici ?

— Bien, dit-il avec un sourire suffisant. Je vais garder ça en tête. Tu n'aimes pas les jeux un peu brutaux.

— Les jeux un peu brutaux ? Ma mâchoire se décroche, et le sourire ne fait que grandir sur son visage.

— Relaxe, *Zaya*. Je vais te faire couler un bain. Ne t'endors pas. D'accord ? Je ne fais pas ça pour que tu te noies dans la baignoire.

Mes épaules se détendent.

— Un bain ? (C'est le seul mot qui semble avoir été retenu.) Je pourrais prendre un bain en bas.

— Tu n'as pas ta propre baignoire à jets.

Luka se dirige vers la salle de bain et ouvre le robinet.

Je coince ma lèvre inférieure entre mes dents et je croise mes bras sur ma poitrine. L'idée semble fantastique, mais je ne suis pas sûre que je devrais prendre un bain dans la chambre de Luka.

— Tu essaies de me voir nue ?

— Peut-être, dit Luka avec un sourire en coin. Mais tu peux fermer la porte à clé pour plus d'intimité. Et je suis un gentleman. Je ne ferai irruption que s'il y a le feu ou si Bay est debout, dit-il.

— C'est bon de savoir où sont tes priorités, dis-je en m'approchant et en jetant un coup d'œil dans la salle de bain.

Ce n'est pas une salle de bain ordinaire comme je m'y attendais. Elle fait la longueur de la chambre de Luka. Bien qu'elle soit un peu plus étroite que sa chambre, elle est plus luxueuse que tout ce que j'ai l'habitude de voir.

— Tout ça est à toi ? Je suis surprise. Elle est énorme !

— Merci, dit Luka avec un sourire en coin. C'est ce que tout homme au sang chaud aime entendre.

— Ta salle de bain. Arrête d'avoir l'esprit mal placé. (Je lui donne un coup d'épaule en marchant sur le carrelage chaud.) Oh mon dieu ! Même le sol est chauffé.

Luka hausse les épaules et croise ses bras sur sa poitrine.

— Elle n'est pas utilisée aussi souvent qu'elle le devrait.

— Tous les hommes de Mikhail ont-ils un logement aussi luxueux ? Peut-être que je devrais quitter mon travail et venir travailler pour ton patron.

— N'y pense même pas, dit Luka en me fixant du regard.

Son regard brûlant assèche ma bouche et je déglutis nerveusement. Ma voix devient rauque.

— Pourquoi pas ?

Il a peur qu'on passe trop de temps ensemble ?

— Il est tard, et ce n'est pas une conversation que nous aurons ce soir, murmure-t-il dans son souffle.

Luka attrape une serviette pliée dans le placard et la pose près du lavabo.

— Tu as besoin d'autre chose ? demande-t-il.

— Je ne vois pas quoi. Merci.

— Tout le plaisir est pour moi.

Luka sort de la salle de bains, me laissant avec la baignoire presque prête.

Il ferme la porte, et je la verrouille derrière lui avant de me déshabiller. Je m'enfonce dans l'eau du bain et ferme le robinet avant d'activer les jets.

C'est merveilleux.

Dois-je craindre de réveiller toute la maison avec le bruit des jets de la baignoire ?

Luka n'a pas l'air de s'inquiéter. Pourquoi devrais-je le faire ?

Tous les muscles de mon corps se détendent, et mon esprit qui s'emballait peut enfin se calmer. J'ai été en mode combat ou fuite depuis avant mon départ de l'appartement.

Je ferme les yeux et je ne suis pas sûre du laps de temps qui s'est écoulé.

L'eau est encore chaude, mais pas brûlante, et la tension dans mes épaules semble avoir disparu.

Luka fait irruption par la porte de la salle de bains.

J'ouvre la bouche pour lui hurler de sortir quand je réalise que Bay est dans ses bras. Son visage est rouge et taché.

— Mauvais rêve, elle renifle et se dégage des bras de Luka.

Après avoir posé ses pieds sur le sol, il attrape la serviette sur le comptoir de la salle de bain.

— Désolé de t'avoir interrompue.

Il est plus gentleman que je ne le pensais, sauf lorsqu'il a envahi la salle de bain avec Bay. Je pensais avoir verrouillé la porte, mais il a dû utiliser une clé pour la déverrouiller.

— J'avais fini, dis-je.

J'avais passé assez de temps à tremper dans l'eau. Je lui prends la serviette des mains et lui fais signe de se retourner.

J'enroule la serviette blanche duveteuse autour de moi et vide la baignoire.

Luka ne sort pas de la salle de bains. Bien que la pièce ne soit pas surpeuplée, sa présence la fait paraître plus petite.

— Ça te dérange de me laisser un peu d'intimité ? demandé-je.

Je ne suis pas tout à fait prête à ce qu'il me voie nue.

— Bien sûr, je serai juste de l'autre côté de cette porte.

Luka sort de la salle de bains et referme doucement la porte derrière lui.

— Maman, gémit Bay, et je me penche pour la serrer dans mes bras et l'embrasser.

J'essaie de ne pas mouiller son pyjama, mais elle s'en moque.

Je me sèche aussi vite que possible et j'enfile mes vêtements de tout à l'heure avant de prendre Bay dans mes bras et de sortir de la salle de bains.

Luka est assis au bord du lit.

— Je ne savais pas quoi faire d'elle.

— Comment as-tu su qu'elle avait fait un cauchemar ?

Bay était endormi au deuxième étage. Je jure que s'il est descendu la réveiller pour pouvoir me regarder dans le bain, je le tuerai.

— Elle est sortie du lit et a commencé à pleurer dans le couloir. Un des gardes, Nikita, l'a trouvée, et comme il ne te trouvait pas, il est venu frapper à ma porte.

Bay pose sa tête sur mon épaule et enfouit ses mains contre ma poitrine en se blottissant contre moi. Je fais de mon mieux pour garder ma voix posée. Je ne veux pas effrayer Bay. Elle se calme enfin et avec un peu de chance, elle va se rendormir.

— Pourquoi ferait-il ça ? demandé-je.

— Il est au courant de ma relation avec toi et Bay, dit Luka.

Il n'y a aucune raison de le cacher, mais je suis surprise que la nouvelle circule vite parmi les collègues de Luka.

— Est-ce que tout le monde est au courant ? demandé-je.

Luka hausse les épaules.

— C'est important ?

Il a raison, ça ne devrait pas l'être, et bien assez tôt, ceux qui ne savent pas le découvriront.

— Il est tard. On devrait aller se coucher. Je frotte le dos de Bay, et elle se tortille contre moi. Sa respiration s'intensifie, et j'espère qu'elle s'endormira rapidement une fois que nous serons au lit.

— Tu veux que je te raccompagne à ta chambre ?

— Je pense qu'on peut la trouver, dis-je.

Je me dirige vers la porte de la chambre, et Luka l'ouvre pour moi.

— Laisse-moi porter Bay dans les escaliers.

Aussi tentante que soit cette offre, je doute que Bay accepte, et elle est finalement calme.

— Je ne veux pas la contrarier. Ça ira. Merci, Luka.

Je sors de sa chambre avec Bay dans les bras et je descends prudemment les escaliers jusqu'à notre chambre. Je mets Bay sous les couvertures. Elle se roule instantanément sur le ventre, et ses yeux se ferment alors qu'elle s'endort.

Il me faut plus de temps pour m'endormir, mais il est tard, et dans quelques heures, je devrai être debout pour Bay.

————

L'aube se lève avant que je sois prête à affronter la journée. Bay a d'autres idées, sautant sur le lit, tentant de me chatouiller et s'assurant que je suis réveillée avec elle.

— Viens, on va te préparer pour la maternelle.

Après m'être douchée et habillée, j'aide Bay à se débarrasser de son pyjama et lui enfile une salopette. Je brosse ses cheveux et je les coiffe en couettes pour qu'ils ne s'emmêlent pas.

Nous nous dépêchons de descendre quand nous avons fini de nous préparer, et je la hisse sur le tabouret pour s'asseoir au comptoir pour le petit-déjeuner.

— Tu cherches quelque chose ? demande Luka.

Je n'ai pas entendu Luka entrer dans la cuisine. Je me retourne vers lui. Il est déjà habillé d'un élégant costume noir et d'une cravate, avec une chemise blanche impeccable en dessous.

— Céréales. Yaourt. Flocons d'avoine. Quelque chose pour nourrir Bay, dis-je en espérant qu'il aura au moins un de ces produits dans le réfrigérateur ou le garde-manger.

— Il y a de la pâte à pancakes. Des œufs et du bacon sont aussi dans le frigo.

Bay fronce le nez et tire la langue. Rien de tout cela ne semble souhaitable pour mon enfant. Elle est incroyablement difficile, et peu importe combien d'aliments différents je l'encourage à essayer, elle s'en tient toujours aux mêmes.

— On peut passer au magasin ce matin en allant à ton appartement et prendre quelque chose qu'elle mangera, dit Luka.

— Je dois la déposer à la maternelle avant d'aller à l'appartement.

Luka s'avance plus loin dans la cuisine, au-delà de l'îlot et du comptoir. Il ouvre le réfrigérateur et prend une bouteille de jus d'orange.

— Tu aimes ça ? demande-t-il en secouant la bouteille et en regardant Bay.

Elle hoche vigoureusement la tête, un énorme sourire s'étendant sur son visage.

— Elle n'a pas souvent de jus de fruits, dis-je.

— Quelle mère ne donne pas de jus d'orange à son enfant ? demande Luka.

Je croise mes bras sur ma poitrine.

— Tu mets en doute mes choix parentaux ?

Il sait qu'il est père depuis un week-end, et déjà, il pense savoir ce qui est le mieux pour ma fille. La bouteille de jus d'orange dans une main, Luka lève les bras en signe de reddition.

— Je ne voulais pas que ce soit une dispute.

Je fouille dans les placards, à la recherche de verres à boire. Après avoir ouvert le quatrième placard, je prends le plus petit verre de jus de fruit et le pose sur le comptoir.

— C'est pour toi ou pour Bay ? demande Luka.

— Bay, dis-je.

Il remplit le verre à moitié avant de faire glisser le jus d'orange sur le comptoir.

— Je peux t'emprunter ton téléphone avant qu'on aille à l'appartement ? demandé-je.

— Ça dépend de qui tu comptes appeler.

Est-ce qu'il pense que je vais contacter Mark ? Je n'ai pas assez dormi la nuit dernière. Je fais de mon mieux pour ne pas me disputer avec Luka, mais tout semble m'énerver ce matin.

— Mon patron au travail. J'ai manqué mon service d'hier, et j'aimerais lui expliquer ce qui se passe. J'y serais bien allé ce matin pour lui parler, mais je devrais sûrement aller chercher quelques affaires à l'appartement.

— De quoi as-tu besoin chez toi ? Je vais aller les chercher pour toi, dit Luka.

— Ce n'est pas nécessaire. Je peux passer après avoir déposé Bay à la maternelle.

Luka sort son téléphone de sa poche et déverrouille l'appareil avant de me le tendre.

— Je vais surveiller Bay pendant que tu parles à ton patron.

— Merci, dis-je en prenant le téléphone de sa main.

Je sors de la cuisine et compose le numéro de téléphone du travail. Je colle le téléphone à mon oreille, et juste au moment où j'arrive dans le couloir, la voix de Bay traverse la pièce.

— Tu es mon papa ? demande Bay.

Je regarde par-dessus mon épaule alors que Bay fixe Luka et j'entends un « Allô ? » rugueux à l'autre bout du fil.

QUATORZE

Luka

Bay vient de me demander si je suis son père.

Hannah a un timing impeccable. Elle est au téléphone avec son patron, ou fait semblant de l'être, au moment où elle entend la voix de Bay.

— Oui, dis-je.

Je n'ai pas l'intention de mentir à Bay. Ce n'était pas mon choix de ne pas être impliqué dans sa vie depuis le début.

Elle porte le verre de jus de fruit à ses lèvres à deux mains et termine la boisson.

— Plus de jus ?

— Ta mère te laisse boire plus de jus de fruit ? demandé-je.

Les lèvres de Bay se ferment, mais son sourire s'élargit et elle lève le menton vers moi. Je suppose que c'est un non.

— S'il te plaît ?

Je remplis à moitié le verre de Bay avec du jus d'orange. C'est mieux que d'avoir à parler du fait que je suis son père biologique avec elle. C'est une conversation à laquelle Hannah prendra part le moment venu.

Bay porte son verre à ses lèvres à deux mains et boit son jus d'orange à petites gorgées.

Hannah revient dans la cuisine et me rend mon portable.

— Tout va bien au travail ?

— Oui, je dois y aller plus tard cet après-midi pour couvrir un poste. Tu pourrais passer à la maternelle pour récupérer Bay ?

Hannah coince sa lèvre inférieure entre ses dents.

Est-elle nerveuse de me demander de m'occuper de Bay ?

— Je pense que je peux gérer ça, dis-je. En supposant que l'école me laisse la ramener à la maison.

— Quand je la déposerai ce matin, je m'assurerai de t'ajouter à la liste.

— Et enlève Mark de cette liste.

Je ne veux pas qu'il se montre et kidnappe Bay. Cet homme est déjà détraqué. S'il a l'occasion d'approcher Hannah et de lui faire du mal, je pense qu'il en profitera.

Bay finit son verre de jus d'orange, puis on se dirige tous les trois vers la voiture. Il y a un rehausseur supplémentaire dans le garage venant des enfants de la sœur de Mikhail, les jumeaux, qui vivaient dans la propriété.

Je prends le rehausseur et le fixe sur la banquette arrière avant que Bay ne monte dans la voiture.

— Tu as juste par hasard un rehausseur en réserve ?

Les sourcils d'Hannah sont froncés, et elle croise ses bras sur sa poitrine.

— Comme les jouets que j'ai donnés à Bay l'autre jour, le réhausseur était pour la nièce et le neveu de Mikhail. Il y avait des jumeaux qui couraient dans les couloirs.

Hannah sourit faiblement.

— Je ne peux pas imaginer. Bien que la maison semble plus sûre pour les enfants que je ne l'aurais pensé.

Elle grimpe sur le siège passager avant une fois qu'elle s'est assurée que Bay est bien attachée dans son réhausseur. La voiture a un bouton de démarrage, et je démarre le moteur, en attendant qu'Hannah boucle sa ceinture de sécurité.

— Tu veux que je passe au supermarché pour prendre quelques produits pour le petit déjeuner maintenant, ou on a le temps de manger un morceau dehors ? Je ne sais pas à quelle heure Bay est censée être à l'école.

— Arrête-toi au magasin et j'y passerai en vitesse, dit Hannah.

Je ne suis pas ravi qu'elle aille quelque part seule, mais je doute que Mark soit là. J'ai déjà fait part de mes plans à Mikhail, en prenant la journée pour aider Hannah. Il était d'accord, surtout après la nuit dernière et Mark qui s'est montré à la propriété.

Je sors par le portail et me dirige vers la route principale, en m'assurant que nous ne soyons pas suivis.

— Tu es sûr qu'il ne sera pas à la maison ? demande Hannah, en me regardant alors que je me dirige vers le magasin.

Elle tripote ses mains. Je peux sentir qu'elle est anxieuse, et même si elle essaie de faire croire qu'elle est calme et posée pour Bay, je vois clairement que ce n'est pas le cas.

— S'il est là, il ne restera pas.

J'ai une arme de réserve dans la boîte à gants. Je n'ai pas d'arme sur moi. La dernière chose que je veux c'est qu'Hannah pose des questions et commence à avoir peur de ce que je fais pour vivre.

De plus, je n'ai pas l'intention de laisser Hannah seule jusqu'à ce que je la dépose au travail, et même sans arme, je peux botter le cul de Mark à moi seul.

— J'espère que tu as raison, murmure Hannah.

Elle regarde par la vitre et soupire doucement.

— Tu veux rester dans la voiture pendant que je vais au magasin ?

Elle sourit faiblement et secoue la tête.

— Ce n'est pas nécessaire. Je serai rapide. Je serai rentrée et sortie en quelques minutes.

J'aurais demandé à l'un des autres gardes de Mikhail de venir avec nous si j'étais inquiet, mais Hannah ira bien.

Je continue de regarder dans le rétroviseur. Il y a du trafic mais aucun véhicule ne nous suit. Cela aide aussi que j'ai jeté la carte sim du téléphone d'Hannah parce que je suis sûr que c'est comme ça que Mark l'a retrouvée la nuit dernière.

Je m'arrête devant le magasin et déverrouille le véhicule. Hannah se dépêche de sortir et entre directement par les portes automatiques.

En moins de cinq minutes, elle est de retour avec deux sacs en plastique de provisions.

— Tout ça pour le petit-déjeuner ? demandé-je alors qu'elle remonte dans la voiture.

— Bay va devoir apporter un sac pour le déjeuner à l'école. Et je vais lui faire prendre son petit-déjeuner en arrivant là-bas, plutôt que de lui faire manger du yaourt et d'en mettre partout dans ta voiture.

Je glousse.

— La voiture peut être nettoyée. Ce n'est pas un problème. A quelle heure je passe la prendre ?

Hannah attrape la ceinture de sécurité et la tire sur sa poitrine, en faisant claquer la boucle dans le loquet.

— La sortie est à 14h30.

— Je vais m'assurer d'être là en avance. Détends-toi, dis-je en posant ma main sur son bras. Je peux m'occuper de ma fille.

Hannah inspire fortement.

— Quoi ? lui demandé-je.

Elle jette un coup d'œil à Bay, qui ne semble même pas légèrement intéressée par notre conversation.

— Qu'as-tu dit quand elle a demandé si tu étais son...

— Papa ? Je répète la remarque de Bay. Oui. Je n'allais pas mentir à ma fille, mais je ne me suis pas non plus lancé dans une explication à ce sujet.

— Ok, bien. Les épaules d'Hannah se détendent.

Je m'éloigne du magasin et Hannah m'indique la direction de l'école maternelle. Elle est à l'autre bout de la ville, dans la direction opposée à celle de l'enceinte.

La circulation est dense, et quand nous arrivons enfin, nous entrons tous les trois ensemble. Je veux m'assurer qu'ils savent qui je suis et qu'ils me reconnaîtront plus tard quand il sera temps pour moi de récupérer Bay cet après-midi.

Après qu'Hannah ait rempli les papiers et les ait mis à jour, notamment en retirant Mark de la liste, nous sortons.

Je lui donne un coup de coude pendant que nous marchons, en la frôlant.

— Je dois demander, est-ce que cet endroit est spécial ?

— Qu'est-ce que tu veux dire ? Hannah s'arrête de marcher et se tourne vers moi.

— L'école maternelle est à l'autre bout de la ville. Le quartier est sympa, mais il y a des endroits plus proches où nous pourrions inscrire Bay.

— Tu veux la changer d'école parce que c'est pas pratique pour toi de la déposer ? (Hannah secoue la tête et me dépasse en se dirigeant vers la voiture.) Ne t'inquiète pas. Tu n'auras plus à la déposer ou à la récupérer après aujourd'hui.

— Hannah, ce n'est pas juste. (Elle ne se rend pas compte que s'ils doivent vivre avec moi à la résidence, cet endroit est très difficile à atteindre en voiture ?) Il y a plein d'autres écoles maternelles à proximité. Je peux en compter quatre qu'on a dépassées en chemin.

Elle grimpe sur le siège avant et claque la portière.

Je fais le tour de la voiture et ouvre la portière côté conducteur. Je démarre le moteur mais je ne mets pas encore la marche arrière pour sortir de la place.

— Pourquoi est-ce qu'on se dispute ? J'ajoute.

— Tu veux changer l'école maternelle de Bay. Elle est heureuse ici. Elle a des amis, et je doute qu'elle soit excitée à l'idée de changer d'école.

— C'est de ça qu'il s'agit ? Parce que je traverserai la ville pour la déposer si c'est ce qui est le mieux pour ma fille.

Hannah croise ses bras sur sa poitrine. Elle se trémousse sur son siège. Bien qu'elle soit silencieuse, elle semble toujours assez nerveuse. Comme si elle se retenait.

— Dis-moi, *Zaya*, qu'est-ce qu'il y a ?

Je ne peux pas l'aider si je ne sais pas ce qui se passe.

— Je ne peux pas me permettre une autre maternelle.

— Tu n'as pas à t'inquiéter des finances concernant Bay. C'est aussi ma fille, et j'ai bien l'intention d'aider. Laisse-moi m'inquiéter de financer son éducation.

La mâchoire d'Hannah se décroche.

— Je ne demande pas la charité.

— Ne t'inquiète pas. Ce n'est pas ce que je faisais.

Je suis fatigué de me disputer avec elle. Je concentre mon attention sur le parking et mets la voiture en marche arrière pour sortir de la place.

Elle est silencieuse pendant le reste du trajet, les quinze minutes. Ça aurait été moins si la circulation n'avait pas été aussi dense pour un lundi.

Je m'arrête devant son immeuble et je gare la voiture en parallèle sur une place.

— Tu n'es pas obligé d'y aller avec moi, dit Hannah.

Elle ne veut peut-être pas que je rentre, mais je ne vais pas la laisser monter seule. Mark pourrait l'attendre.

C'est pour ça qu'elle est de mauvaise humeur ? Elle a peur de se retrouver face à face avec lui ?

— Je sais, mais je veux m'assurer que c'est sûr et qu'il ne t'attend pas à l'étage.

J'accompagne Hannah à l'intérieur.

Un silence pesant s'abat sur nous tandis que nous entrons dans l'ascenseur. Ce n'est pas inconfortable comme le trajet étouffant en voiture.

Une fois que nous avons atteint le troisième étage, elle sort ses clés, les tripotant durant le trajet jusqu'à la porte.

Comme nous approchons de sa porte, je garde ma voix basse.

— Déverrouille-la, mais je veux que tu restes ici pendant que je m'assure qu'il n'est pas à l'intérieur.

La voix d'Hannah tremble quand elle parle.

— Ne sois pas ridicule.

Elle essaie probablement de se convaincre que tout va bien. Et tout ira bien si elle suit mes instructions.

Elle glisse la clé dans la serrure mais s'écarte pour me laisser entrer. Je tourne la poignée et entre dans l'appartement. Les lumières sont éteintes, et je les laisse telles quelles, ne voulant alerter personne de ma présence.

Je fouille chaque pièce, chaque placard, et même derrière le rideau de la baignoire. Il n'y a aucun signe de Mark ou de quelqu'un d'autre d'ailleurs. Cependant, il y a une enveloppe rouge sur le lit. Au feutre noir, l'enveloppe indique *Hannah*.

Je prends l'enveloppe et mets son contenu dans la poche de ma veste. Si c'est une lettre de menace, je ne veux pas la contrarier en la lui laissant lire. Et si ce n'est pas le cas et que ce sont des excuses, je doute que ce salaud soit sincère. Il essaie probablement de regagner son cœur par la ruse.

Dans tous les cas, la lettre est mauvaise.

Elle n'aura jamais à la voir. En plus, j'ai juré de la protéger de ce loser.

— C'est bon, dis-je, attendant qu'Hannah entre.

Hannah entre dans l'entrée de l'appartement et allume la lumière.

— Ses affaires sont toujours là, dit-elle avec un soupir.

Je sors mon téléphone de ma poche.

— As-tu pris des photos au cas où il endommagerait l'endroit ? Mon cousin a traversé un vilain divorce, et je me souviens que son avocat lui avait conseillé de tout documenter.

— Je n'y ai même pas pensé, dit Hannah.

Elle est calme, réservée, et se dirige avec précision vers le couloir, le salon et la chambre.

— Tu veux de l'aide ? proposé-je, ne voulant pas aller trop loin.

Elle attrape un sac de sport sous le lit et l'ouvre.

— Oui, prends quelques vêtements à moi dans la commode.

Elle avait déjà une valise à la maison, mais elle n'avait pas non plus prévu de rester indéfiniment avec moi quand elle l'avait préparé. Je suis honnêtement surpris qu'elle ait eu le temps de faire ses affaires, mais je suis sûr que ce n'est pas comme si elle avait soigneusement plié ses vêtements. Elle a probablement rempli son sac autant qu'elle le pouvait et aussi vite que possible.

J'ouvre le tiroir du haut et j'essaie de ne pas être bouche bée devant les culottes et les soutiens-gorge en dentelle. Il y a beaucoup à transporter à travers la pièce, et il serait plus facile de retirer le tiroir de la commode. Je retire le tiroir de son rail et j'apporte son contenu au sac marin, en y jetant tous ses sous-vêtements sexy.

Hannah se tient près de l'armoire, retirant ses vêtements des cintres, un par un. Elle me jette un coup d'œil par-dessus son épaule et hausse un sourcil.

— Tu as peur de toucher mes culottes ?

— Non. (Je ne pensais pas qu'elle voudrait que je touche ses sous-vêtements. Je plonge la main dans son sac et récupère un string noir en dentelle avec mon poing.) Est-ce que j'ai l'air d'avoir un problème à toucher ta culotte ? Je dois te dire que je préférerais toucher celle que tu portes plutôt qu'une propre, n'importe quand.

Ses joues brûlent, et elle reporte son regard sur le placard, évitant de me regarder dans les yeux.

— Tu peux remettre ça dans le sac.

Je desserre ma prise et laisse sa culotte retomber dans le sac.

— Bien sûr. Tout ce que tu veux, *Zaya*.

Avant de vider le tiroir suivant, je ramène le tiroir vers la commode et le glisse sur le rail.

Nous avons fait plusieurs voyages jusqu'à ma voiture en moins d'une heure, la chargeant de vêtements pour Hannah et Bay, ainsi que de plusieurs sacs poubelles remplis des jouets de Bay. Si j'avais su qu'elle avait peu de bagages, j'aurais apporté plusieurs sacs et récupéré quelques boîtes.

— Autre chose ? demandé-je.

Son appartement est très meublé, mais je peux demander à quelques-uns de nos hommes de ramener ses biens dans la propriété ou dans un entrepôt. Cela peut attendre un autre jour. Le but est de récupérer tout ce dont elle a besoin ou pourrait avoir besoin dans un futur proche.

Hannah se dirige dans le salon vers la table basse. Elle se penche et ouvre le tiroir, récupérant un album photo avec une petite empreinte de main sur la couverture. Ce doit être les photos de bébé de Bay.

— Ouais, maintenant je suis prête.

En sortant de l'appartement, Hannah attrape ses clés de voiture, et nous descendons ensemble.

— Je vais te suivre au travail. Juste pour m'assurer que Mark ne sera pas là quand tu arriveras.

— Luka, c'est un peu exagéré. Tu ne crois pas ? Ça va aller. Le centre médical a une sécurité, et il ne sait même pas que je travaille cet après-midi. Ce n'est pas mon service habituel.

— Bien, je vais aller au café à un pâté de maison du centre médical.

— Il y a plein d'autres cafés plus proches.

Hannah déverrouille la porte de sa voiture et marche sur la route. Elle est garée à quelques voitures de moi.

J'attends qu'elle soit dans sa voiture avant de me diriger vers la mienne.

— Ouais, mais ils ont les meilleurs biscotti, dis-je.

Je n'ai jamais goûté de biscotti, mais putain, je ne la quitterai pas des yeux tant que je ne serai pas sûr qu'elle est en sécurité.

Si je savais où est Mark en ce moment, je ne serais pas si inquiet. Et alors qu'il est censé être au travail, j'ai peur qu'il soit instable et qu'il fasse quelque chose à Hannah.

QUINZE

Hannah

— Il m'a suivie au travail, dis-je en expliquant à Madisyn comment s'est passée ma matinée.

Elle couvre deux postes, ce qui est dommage pour elle, mais je suis reconnaissante d'avoir sa compagnie et quelqu'un à qui parler quand j'en ai le temps.

— Il est protecteur, dit Madisyn. Ce n'est pas nécessairement un mauvais trait de caractère. Il veut juste s'assurer que tu es en sécurité.

— Et me suivre jusqu'au travail, c'est exagéré.

Elle ne réalise pas qu'il dégage une impression d'harceleur ? C'est comme un énorme signal d'alarme.

— Alors, romps avec lui.

Madisyn me regarde en tapant sur l'ordinateur du poste des infirmières.

— On ne sort pas ensemble, dis-je. Comment ça fonctionnerait ?

J'attrape ma tasse de café et j'en prends une gorgée. Il est loin d'être aussi bon que celui du café en bas de la rue, mais il n'y avait aucune chance que je m'y arrête pendant que Luka me suivait au travail.

Je grimace, la boisson est amère et brûlante.

— À toi de me le dire, c'est toi qui as eu son enfant, dit Madisyn. Écoute, je comprends que la situation est unique. Vous devez trouver un équilibre, ce que vous voulez tous les deux, et partir de là.

— C'est mal que je le désire ? murmuré-je dans ma tasse.

Madisyn glousse, semblant avoir entendu ma remarque.

Merde.

— Alors, dis-lui ça, dit Madisyn. C'est un gars compliqué, et il y a beaucoup de choses que tu ne sais pas sur Luka, mais donne-lui une chance. Reconnais juste qu'il est protecteur. Et ce n'est pas toujours un défaut comme trait de caractère. Cet homme donnerait sa vie pour Bay et pour toi.

— Je ne lui demande pas de sacrifier sa vie pour nous, dis-je.

— Oui, mais si tu t'impliques avec Luka, même en tant que co-parents, tu dois réaliser quel genre d'homme il est et ce qu'il ferait pour sa famille.

Elle n'aurait pas pu me parler de sa nature surprotectrice avant de nous présenter ? Bien que pour sa défense, tomber sur lui au bar ne faisait pas partie du plan.

— Sais-tu que je me souviens encore de cette nuit, quand tous les deux on a conçu Bay ?

— J'espère que tu te souviens avoir couché avec lui ! Madisyn glousse, sans trop comprendre.

— Je pense toujours à ça. A lui. C'est probablement parce qu'il est le père biologique de Bay, et que je suis liée à lui pour toujours.

Madisyn se déplace sur la chaise, croisant ses bras sur sa poitrine et me lançant un regard pointu.

— Pour toujours ? Dix-huit ans, probablement quinze maintenant. (C'est censé me rassurer sur la situation ?) Luka n'est pas comme n'importe quel autre homme avec qui tu sortirais. Il est tout le contraire de Mark, que je n'ai jamais vraiment aimé, pour être honnête. Tu devrais lui donner une chance.

— Tu veux dire que Luka est un bon gars ? (Je prends une autre gorgée de mon café et je grimace.) Besoin de plus de sucre.

Elle tousse et tourne la chaise vers son ordinateur.

— J'ai beaucoup de choses à faire aujourd'hui. On se voit plus tard ?

— Oui, bien sûr.

Elle me rembarre ou elle est occupée par son travail ?

Je ne sais pas, mais le fait qu'elle doive assurer deux services me fait penser que ce n'est pas moi.

————

Je tourne au coin du couloir et je percute Mark la tête la première.

— Qu'est-ce que tu fais ici ?

Mon estomac se retourne et je recule d'un pas, balayant le couloir du regard à la recherche de Madisyn ou de quelqu'un d'autre en cas de besoin.

Je ne fais pas confiance à Mark, et bien que nous soyons dans un bâtiment public avec beaucoup de sécurité, il ne devrait pas être ici.

— As-tu eu ma lettre ? Il faut qu'on parle, dit Mark.

Il attrape mon bras, ses doigts s'enfoncent dans ma peau.

— Lâche-moi.

Je serre les dents et tire sur mon bras pour le libérer de ses griffes. Mais de quoi parle-t-il ? Quelle lettre ?

— C'est à propos de ton nouveau petit ami. Celui avec qui tu joues au papa et à la maman, dit Mark.

— Je ne veux pas le savoir.

La sortie la plus proche est derrière lui, ce qui ne m'aide pas. Je me précipite dans la direction opposée, dans le long couloir, devant plusieurs chambres de patients. La dernière chose que je veux, c'est mettre une de leurs vies en danger en cherchant un abri là-bas.

Les pas de Mark font un bruit sourd sur le sol en linoléum alors qu'il me poursuit, m'attrape par la chemise et me fait pivoter pour me mettre face à lui.

— J'en ai assez de tes jeux et de tes pitreries, Hannah. Tu viens avec moi.

Je piétine son orteil et lui donne un coup de genou dans l'aine.

— Je ne vais nulle part avec toi !

C'est suffisant pour le faire sursauter, et il relâche sa prise sur moi.

Madisyn se précipite dans le couloir depuis le coin.

— Sors d'ici ! crie-t-elle à Mark. J'ai déjà prévenu la sécurité. On va porter plainte et te faire arrêter si tu restes dans le coin.

Mark fait un pas en arrière, semblant avoir compris le message. Il lève les mains en signe de reddition.

— Je te verrai plus tard, Hannah.

— Non ! réponds-je en montrant la porte, furieuse. Je ne veux plus jamais te voir.

Mes mains se serrent comme des poings à mes côtés. L'adrénaline coule dans mes veines alors qu'il se dirige vers l'ascenseur, les épaules affaissées.

Il fait semblant d'être abattu. Je peux sentir la déception à travers le hall. C'est de la comédie. Peut-être que Mark aurait dû choisir une autre profession. Son personnage fictif est bon. J'ai toujours cru qu'il était quelqu'un d'autre. Il m'a dupée.

Madisyn poursuit Mark, s'assurant qu'il prenne l'ascenseur vers le bas. Quand elle est sûre qu'il est parti, elle s'avance vers moi.

— Tu vas bien ? demande-t-elle en me regardant. Il t'a fait du mal ?

Je me frotte le bras.

— Je vais bien. J'ai juste un peu mal à cause de sa poigne.

— Tu devrais porter plainte, dit Madisyn en soulevant ma manche plus haut. Ses doigts ont laissé une marque rouge épaisse qui va probablement se transformer en bleu.

— C'est bon. Que vont-ils pouvoir faire ? J'ai besoin de me remettre au travail. J'ai encore des patients à voir.

— Hannah, m'appelle Madisyn.

Je l'ignore. C'est déjà assez dur de devoir l'affronter à la maison, et je suis sûre qu'elle le dira à Luka, et sinon, Mikhail le fera certainement quand elle lui confiera ce qui s'est passé.

Je fais confiance à Madisyn, mais pas pour garder un secret sur Mark.

———

Il me reste quelques heures avant la fin de mon service. Regardant l'horloge sur le mur, Luka devrait avoir récupéré Bay à l'école maintenant. Je n'ai pas entendu un mot de l'école ou de Luka.

Madisyn se dirige vers moi et jette un coup d'œil à mon bras. Ma manche cache bien le bleu que Mark a laissé derrière lui.

— J'y vais.

— Je croyais que tu faisais un double ? demandé-je.

Madisyn s'est déjà changée de sa tenue de travail. Elle a son sac à main en bandoulière.

— C'était le cas, mais j'ai été appelée dans le bureau du principal, dit-elle avec un sourire en coin.

— Je ne savais pas que c'était une bonne chose.

Le sourire qu'elle affiche est le plus authentique que j'aie jamais vu, mais je n'arrive pas à déterminer pourquoi elle est toujours aussi énigmatique avec moi. J'ai renoncé à essayer de comprendre sa vie et ce qu'elle fait. Si elle veut se confier à moi, elle le fera.

Madisyn pose une main sur son ventre.

— Mon rendez-vous chez le médecin a été avancé. Mikhail va me conduire à la maison après.

— Tout va bien ?

— Tout va bien. Tu es sûre que ça va ici ? Tu veux que je demande à Mikhail d'envoyer un de ses hommes pour surveiller l'étage ?

Le sourire disparaît de mon visage.

— Comme un garde du corps ? Ça a l'air terrible et embarrassant. Je n'ai pas besoin d'un baby-sitter.

— Ce n'est pas pour toi. C'est pour s'assurer que Mark ne revienne pas, dit Madisyn.

Elle se dirige vers l'ascenseur, et je la suis dans le couloir. Je me dirige de toute façon dans cette direction, vers le poste d'infirmière.

Devrais-je m'inquiéter ?

— Est-ce que ça ressemble au visage d'une fille qui est inquiète ?

Madisyn appuie sur le bouton de l'ascenseur. Elle jette un coup d'œil sur moi par-dessus son épaule.

— Tu es forte, je comprends, mais Mark ne va pas s'en aller comme ça. J'ai déjà eu affaire à des hommes comme lui.

— Je vis avec Luka. Tout ira bien.

Ses sourcils se froncent, et une grimace traverse son visage.

— J'ai juste peur que ce ne soit pas suffisant. Je vais parler à Mikhail...

— S'il te plaît, ne fais pas ça.

Je passe derrière le poste de l'infirmière. Je veux que cette conversation soit terminée. Peut-elle monter dans l'ascenseur et partir ?

— Bien, mais tu dois dire à Luka que Mark est passé ce soir.

C'est une conversation que je n'ai pas envie d'avoir avec Luka.

— Je le ferai, mais laisse-moi finir mon travail d'abord.

Les portes de l'ascenseur s'ouvrent, et Madisyn entre à l'intérieur. Je suis soulagée qu'elle soit partie. Je réalise qu'elle essaie seulement d'aider, mais ça me tape sur les nerfs. Emménager avec eux, était-ce une mauvaise idée ?

D'ailleurs, combien d'hommes adultes vivent avec leur patron ? Je n'arrive toujours pas à comprendre la situation, si ce n'est que Mikhail doit être une personne très riche et qu'il a toujours besoin d'une grande sécurité.

Mais même les milliardaires permettent à leurs employés de rentrer chez eux. N'est-ce pas ?

SEIZE

Luka

Aller chercher Bay à l'école maternelle est plus facile que je ne l'imaginais. Je la ramène à la propriété et l'amène dans le bureau avec la boîte de jouets.

Un des gardes, Anton, m'aide à décharger ma voiture avec les affaires d'Hannah. La plupart sont montées dans sa chambre, à l'exception d'un des sacs de jouets. Je demande à Anton de le mettre dans le bureau pour Bay.

La lumière du plafond est forte, je baisse les lumières et m'assois sur le canapé tout en gardant un œil sur la petite.

Je ne peux pas attendre de Mikhail ou d'autres gardes qu'ils gardent Bay, et je ne voudrais pas qu'ils le fassent. Elle est ma fille. Je veux prendre le temps d'apprendre à la connaître.

Bay se pose près de la cheminée. L'âtre est éteint, mais elle s'en fiche un peu. Elle prend le camion de pompiers et la voiture de police dans la boîte et les fait rouler sur le sol.

Une boîte entière de jouets et la petite se concentre sur deux objets.

Ils doivent être ses préférés.

Ou elle aime les voitures miniatures.

J'ai l'impression que ça fait une éternité que de petits pieds n'ont pas sautillé dans la cour. Il n'y a pas si longtemps, Aleksandra vivait sous le toit de Mikhail avec les jumeaux, Sophia et Liam.

J'étais censé épouser Aleksandra, la protéger, m'installer en Russie pour assurer sa sécurité et celle des jumeaux. Tout cela s'est fait sous les ordres de Mikhail, et bien que nous nous connaissions bien, je n'ai jamais désiré Aleksandra.

Je suis des ordres, spécifiquement ceux de Mikhail Barinov.

Se remémorer le passé n'est pas pour les faibles.

Mon estomac se tend, me rappelant ce que j'ai fait à Aleksandra, la peine que je lui ai causée. Elle a trahi la famille et a fini par épouser un Don italien. C'était probablement pour contrarier Mikhail, et ça a marché.

J'espère qu'elle est heureuse maintenant qu'elle a la vie qu'elle a toujours voulue.

Si je l'avais épousée, je n'aurais jamais découvert ma fille, Bay. J'aurais été en Russie à commander la bratva, à donner des ordres à nos hommes.

C'est étrange comme le destin a une façon de se révéler. L'épouser nous aurait fait du mal à tous les deux, mais je l'aurais fait pour Mikhail.

Je suis un prince des ténèbres, pas un héros.

Hannah n'a aucune idée du monde du crime ou de ce que nous faisons quotidiennement. Elle est tenue à l'écart du blanchiment qui se fait sous notre toit, des assassins et des contrebandiers. Nos hommes, les soldats qui travaillent pour Mikhail, s'occupent de tout, des papiers illégaux au nettoyage des corps de nos ennemis.

— Papa, la douce voix de Bay attire mon attention.

Ma bouche s'assèche à son simple mot.

— Oui, tigresse ? demandé-je en me penchant en avant, les mains jointes sur mes genoux.

Elle se lève et s'approche de moi sur le canapé.

— Faim. Heure du goûter.

Hannah n'avait pas parlé de lui donner un goûter ou de la nourrir. Bien que Bay doive dîner, Hannah ne sera pas de retour avant l'heure du coucher.

— Qu'est-ce que tu aimes manger ? demandé-je.

Pourquoi ai-je l'impression que tout ce qu'elle va énumérer, on ne l'a pas dans le garde-manger ou le frigo ?

— Pudding au chocolat, gâteau au chocolat, glace au chocolat.

— Je vois un thème, dis-je en mettant Bay sur mes genoux. Laisse-moi deviner, ton aliment préféré est le chocolat ?

Bay hoche la tête avec enthousiasme. Ses yeux bleus brillent dans ma direction.

— Est-ce que ta mère te laisse manger tout ça avant le dîner ?

La petite fille fronce le nez et glousse.

— S'il te plaît ?

Si ce n'était pas mon enfant, je ne céderais probablement pas si vite, mais bon sang, ce sourire et ces grands yeux bleus de bébé.

— Viens, on va voir ce qu'on peut trouver dans la cuisine, dis-je.

Je la soulève du canapé et la porte sur ma hanche en sortant du bureau pour aller dans la cuisine.

— Papa, chocolat.

Bay n'est pas du tout gênée de dire ce qu'elle veut. Je parie qu'elle tient ça de sa mère.

— Et ta mère ne se fâchera pas si tu manges du chocolat avant le dîner ? demandé-je.

Il est presque seize heures et nous devrons bientôt décider de ce que nous allons manger pour le dîner.

Je ne sais pas ce que mange la petite, mais je suis sûr qu'elle me dira ce qu'elle ne mange pas.

Ce n'est pas seulement la ressemblance avec Hannah qui est troublante. Tout, de ses expressions et ses manières à ses yeux bleus de bébé et ses cheveux bruns. Je jure que Hannah pourrait avoir été clonée.

Mais plus je regarde Bay, plus je vois des morceaux de moi en elle, en particulier sa détermination. Ce n'est pas que je sois difficile en matière d'alimentation, mais je sais ce que je veux, et je ne laisse personne se mettre en travers de mon chemin. J'ai le sentiment que Bay va grandir et devenir un peu comme moi.

Je ne sais pas si c'est bien ou mal, si je dois être honnête avec moi-même.

Nous fouillons dans la cuisine, et je trouve une demi-douzaine de cookies aux pépites de chocolat dans le garde-manger. J'autorise Bay à en prendre un et j'espère que cela suffira jusqu'au dîner.

Je la fais asseoir au bord du comptoir et je me tiens devant elle pour m'assurer qu'elle ne tombe pas.

— Du lait, dit-elle en agitant le biscuit devant moi.

— Ne bouge pas, préviens-je et je tourne le dos pour prendre le gallon de lait dans le frigo.

Elle ne bouge pas. Au moins, la petite sait écouter.

Je lui verse un verre de lait et l'amène sur le comptoir. Elle trempe le biscuit dans le lait avant d'en prendre une bouchée, laissant des miettes partout.

— Tu es censée faire ça avec des Oréos, dis-je.

Ses yeux s'illuminent, et sa bouche s'ouvre. Je peux déjà sentir sa prochaine question.

— On n'en a plus du tout.

Les épaules de Bay s'affaissent alors qu'elle grignote son cookie, le plongeant dans le verre de lait avant de prendre une autre bouchée.

— Te voilà ! Mikhail entre en trombe dans la cuisine avec Madisyn sur ses talons.

Ces deux-là sont inséparables depuis qu'elle a fait irruption dans la propriété.

— Qu'est-ce qui se passe ? demandé-je, en les regardant alors que Madisyn vient se placer à côté de Mikhail, les bras croisés sur sa poitrine.

— Mark a décidé de se pointer au travail cet après-midi.

Une chaleur intense m'envahit.

— Quoi ? Je prends Bay et place ses pieds sur le sol.

Elle tend le bras au-dessus d'elle pour atteindre le comptoir, voulant son verre de lait.

— Tiens, dis-je en lui tendant le verre alors qu'elle finit de manger son cookie.

— On l'a mis à la porte, mais j'ai peur qu'il attende qu'elle parte, dit Madisyn.

— Tu peux surveiller Bay ? Je dois aller à l'hôpital, dis-je. Sa garde n'est pas terminée avant plusieurs heures, mais elle ne devrait pas être seule. Si Mark se montre, il devrait y avoir quelqu'un pour la surveiller.

— Bien sûr, dit Madisyn en me frôlant.

Bay fait tomber son verre de lait, le contenu se renverse et le verre se brise sur le sol. Les yeux de la petite se remplissent de larmes, et sa lèvre inférieure fait la moue.

— Pardon.

Elle renifle et ses mains tremblent.

— C'est pas grave. Je vais nettoyer tout ça, dit Madisyn.

Elle soulève Bay du sol et la pose sur le comptoir.

— Tu es sûre ?

Je suis déchiré entre aider Bay et m'occuper d'Hannah. Je ne peux pas être à deux endroits à la fois.

— Oui. Vas-y ! Ce sera un bon entraînement, dit Madisyn.

Elle nous expulse de la cuisine tout en nettoyant les morceaux de verre brisé sur le sol.

— Je viens avec toi, dit Mikhail en regardant son téléphone.

— Qu'est-ce qu'il y a ?

Nous nous dirigeons vers le garage, et je prends les clés du 4x4. Nous avons une douzaine de véhicules que nous utilisons chaque fois que le besoin s'en fait sentir - tout, du pick-up au 4x4 en passant par les voitures de sport et les berlines.

Les clés du 4x4 noir nuit sont accrochées au mur. J'appuie sur le bouton pour ouvrir le garage et attrape les clés avant de me diriger vers la porte du côté conducteur.

— J'ai demandé à Anton de mettre sous surveillance l'appartement d'Hannah après que vous soyez partis tous les deux cet après-midi. Mark est là-bas en ce moment. Que dirais-tu de lui rendre visite ? suggère Mikhail.

— Avec un peu de chance, Mark est en train de faire ses valises et de quitter la ville, marmonné-je.

J'ouvre la porte avant et grimpe sur le siège avant de démarrer le moteur.

Mikhail tire sa ceinture de sécurité sur ses genoux et l'attache.

— Il n'y a qu'une seule façon de le savoir.

Je démarre le 4x4 et serre le volant en sortant du garage et en descendant l'allée jusqu'aux barrières métalliques. Le garde en service ouvre le portail lorsqu'il nous voit approcher. Mikhaïl fait un bref signe de tête au gentleman qui s'occupe de l'entrée principale.

— Comment on fait ça ? demandé-je.

La rue devant la propriété est résidentielle, la zone n'est pas trop encombrée, mais à mesure que nous nous enfonçons dans la ville et que nous nous rapprochons du bâtiment, il est clair que c'est l'heure de pointe.

Mikhail attrape son téléphone et ouvre l'application pour surveiller Mark.

— Il est toujours là. Mikhail souffle doucement.

— Quoi ?

— Ce bâtard ne fait même pas ses bagages. Il est dans le salon à regarder la télévision.

Je regarde Mikhail.

— Et comment savez-vous ça ?

— Des caméras sont installées dans le couloir et dans le salon, dit Mikhail en soulevant son téléphone, me montrant l'écran. Il y a une demi-douzaine de vues avec des angles différents et des caméras de surveillance balayant son appartement.

— C'est bien qu'Hannah ne vive plus là, dis-je.

Elle serait livide si elle découvrait que Mikhail avait installé du matériel de surveillance dans son appartement.

Elle n'a pas à le découvrir.

De plus, elle ne va pas retourner dans son appartement. Elle n'a aucune raison d'y vivre, et je ne veux pas que Mark se pointe sans être invité, s'introduisant comme si l'endroit lui appartenait et qu'ils étaient toujours ensemble.

La circulation est dense et avance lentement. Je coupe la route à un autre véhicule pour changer de voie et tourner à droite à la prochaine intersection. Je ne supporte pas d'être coincé dans les bouchons, surtout quand c'est moi qui conduis.

— De rien, au passage, pour avoir laissé Hannah et ta fille vivre sous mon toit.

Est-ce que Mikhail attend une carte de remerciement ?

— C'est apprécié, dis-je, d'une voix bourrue.

Je me concentre sur notre arrivée à l'appartement et sur la façon dont je vais gérer Mark. J'ai pris le 4x4, donc le mettre dans le coffre n'est pas la meilleure option.

On pourrait le tabasser, mais il nous reconnaîtra, et il sait où on habite. Je m'en ficherais, mais il a l'air d'être le genre de gars qui irait voir les flics pour implorer leur protection. On a eu assez de problèmes avec les fédéraux, on n'a pas besoin qu'ils frappent à notre porte.

Mikhail a peut-être réussi à convaincre l'une d'entre elles et à la convertir, mais il est peu probable qu'il fasse ça à tout le département.

— Tu ne savais vraiment pas que tu étais père avant ce week-end ? demande Mikhail.

Il se décale dans son siège, se mettant à l'aise tout en me regardant. Je ne suis pas le moins du monde détendu, et on a cette conversation, maintenant ?

— Elle ne savait pas comment me joindre, dis-je.

Je lui ai déjà raconté l'histoire. Est-ce qu'il remet en question ce qui s'est passé ? Ma loyauté lui est acquise.

Mikhail se caresse la mâchoire et ricane doucement.

— Alors, c'est une bonne chose que tu n'aies jamais épousé ma sœur. Merde. Imagine si tu l'avais fait, quel bordel ça aurait été. Toi en Russie et Hannah ici.

— Vous essayez de dire que vous êtes heureux qu'Aleksandra ait épousé un Italien ?

Je n'aurais jamais cru voir le jour où la Bratva russe et la Mafia italienne coexisteraient. Nous ne sommes pas amis, mais nous restons entre nous. Nous avons un accord.

— Je n'irais pas aussi loin, dit Mikhail.

Son regard se crispe et il regarde par la fenêtre pour éviter mon regard.

La circulation avance lentement, et je prends à gauche cette fois, parcourant des ruelles étroites pour arriver à l'appartement.

Il y a une place de parking vide devant, et je rentre le 4x4 dans la place étroite. Dès que le moteur est éteint, nous sortons du véhicule et claquons la porte en même temps.

Nous nous dirigeons à l'intérieur et jusqu'à son appartement. Je n'ai pas de clé. Je frappe à la porte d'entrée, et Mikhail couvre le judas pour empêcher Mark de nous voir de l'autre côté de la porte.

Des pas lourds piétinent le sol, puis il déverrouille la porte sans même demander qui est de l'autre côté.

— Je croyais qu'on t'avait dit de partir ?

J'attrape Mark par le col et le pousse en arrière, le traînant jusqu'au salon, le plaquant contre le mur. Je lui colle mon avant-bras sur la gorge.

Mikhail ferme la porte derrière nous, pour s'assurer que les voisins ne voient rien. Nous ne sommes pas exactement en bons termes avec les flics.

— Tu aimes harceler les femmes ? Je continue.

Je suis prêt à le mettre en pièces, membre par membre.

— Quoi ? Bien sûr que non.

Mark est maigre et pâle. Il est comme une brindille contre le mur. Il ne faudrait pas grand-chose pour le casser en deux.

— Tu as une arme ? demande Mikhail alors que je maintiens Mark contre le mur.

Il porte un pantalon de survêtement et un t-shirt blanc. Je doute qu'il soit en possession de quelque chose de dangereux.

— Je ne répondrai pas à cette question !

La lèvre supérieure de Mark se retrousse, mais je peux voir la peur dans ses yeux. Il essaie de jouer les durs, et peu m'importe si c'est parce que nous sommes deux ou s'il est intimidé.

— Fouillez-le, dis-je en jetant un coup d'œil à Mikhail.

Je maintiens Mark contre le mur, et Mikhail le fouille, satisfait qu'il ne cache pas d'arme ou de couteau de poche.

— Il est clean.

— Je n'irais pas jusque-là, fulminé-je et je le décolle du mur, le forçant à se mettre à genoux.

Je sors mon arme, enlève la sécurité et la pointe sur la tête de Mark.

— Tu n'as pas de silencieux sur cette arme, dit Mark. Tu ne t'en sortiras jamais avec ça. Je vais le dire à Hannah !

— Tu me donnes juste plus de raisons de te tirer dessus, dis-je.

Mais il a raison. Je n'ai pas de silencieux, et les voisins vont forcément entendre le coup de feu et regarder dans le couloir ou par la fenêtre.

Je n'aime pas les témoins.

— Pour chaque problème, il y a une solution.

Mikhail sort son arme et attache un silencieux caché dans la poche de son manteau.

— S'il te plaît, je jure que je laisserai Hannah tranquille, supplie Mark.

Il n'est pas vraiment un battant. Ça enlève l'excitation du meurtre.

— On t'a déjà prévenu une fois, dis-je. On t'a ordonné de rester à l'écart, de faire tes valises et de partir.

— Je faisais mes bagages, dit Mark.

— Où sont les cartons ? demande Mikhail. (Il prend son arme avec le silencieux attaché, farfouillant dans l'appartement.) Je ne vois pas de cartons. Est-ce que tu vois des cartons, Luka ?

— Tout ce que je vois, c'est un menteur, dis-je en fixant Mark.

Mark frappe ma jambe avec son bras, utilisant son poids pour me faire trébucher. Le crétin décide de se défendre.

Il rampe sur le sol et tente de se lever, en attrapant la poignée de la porte.

Je plaque Mark au sol, lui fracassant le visage sur le sol en bois, lui cassant le nez. Le craquement des os n'est pas agréable, et le sang coule sur son visage.

Mark essuie le sang qui coule, laissant un désastre qui nécessitera une équipe de nettoyage avant que Hannah ne remette les pieds ici.

Mikhail se tient debout et observe la scène, le pistolet toujours dans sa main droite.

— On va le finir ou le laisser ramper jusqu'à sa maman pour le dîner ?

J'aimerais l'achever, lui mettre une balle dans la tête, et ne plus jamais m'inquiéter qu'il dérange Hannah ou ma fille.

— Donnez-moi l'arme, dis-je en tendant la main à Mikhail.

— Tu es trop proche d'Hannah, dit Mikhail. Quand elle demandera, et inévitablement, elle le fera, tu ne peux pas avoir les mains sales de son sang.

— Oui ! Oui ! Tu devrais me laisser vivre, dit Mark, les yeux écarquillés par l'excitation.

Il se relève sur ses genoux et se hisse pour se mettre debout.

— Repose ton cul sur le sol, crié-je à Mark, le faisant retomber sur le sol. Je t'ai prévenu hier que si tu harcelais Hannah, je te tuerais. Se montrer à son travail aujourd'hui est une façon de la déranger. Tu as cru que c'était une menace en l'air ?

J'ai juré à Hannah que je la protégerai.

C'est mon problème.

Hannah est ma responsabilité.

DIX-SEPT

Hannah

Je me change de ma tenue de travail et me dirige vers l'ascenseur quand j'aperçois Luka debout près de la sortie. Il est appuyé contre le mur de briques, les bras croisés sur sa poitrine.

— Qu'est-ce que tu fais ici ?

Son costume est débraillé, mais je ne sais pas pourquoi. Il n'a pas une égratignure sur le visage, mais j'aurais juré qu'il a l'air de s'être battu.

Je le regarde en appuyant sur le bouton de l'ascenseur et je vois ses articulations.

Abîmées.

Il s'est battu avec quelqu'un.

Mon estomac se retourne. Il est tombé sur Mark ? C'est pour ça qu'il ne ressemble pas à la version parfaite de Luka que j'ai l'habitude de voir. Cependant, ce n'est pas comme si je le voyais souvent, jusqu'à la semaine dernière.

— Madisyn m'a dit ce qui s'est passé.

Je n'arrive pas à la croire ! Je lui ai fait promettre de ne rien dire à Luka. J'aurais dû savoir que je ne pouvais pas lui faire confiance.

— Tu as récupéré Bay à l'école ? demandé-je.

Mon cœur se met à battre la chamade. S'il avait oublié de récupérer Bay à l'école, le bureau aurait dû m'appeler et m'en informer il y a des heures. Personne n'a essayé d'appeler l'hôpital, et mon téléphone a besoin d'une nouvelle carte sim avant que je puisse l'utiliser.

Ont-ils essayé le contact d'urgence ? Le nom de Mark avait été inscrit sur la feuille, mais ils auraient dû savoir qu'ils ne devaient pas lui remettre Bay. J'avais été claire sur le fait que son nom devait être retiré de la liste des personnes autorisées à venir chercher Bay.

Les portes de l'ascenseur s'ouvrent.

— Oui, Bay est à la maison avec Madisyn.

— Elle devrait être au lit, dis-je. Il est onze heures du soir.

J'entre dans l'ascenseur, et Luka me suit de près. J'appuie sur le bouton pour le hall.

— Je suis sûr qu'elle l'est, dit Luka.

— Tu ne l'as pas bordée au lit. Depuis combien de temps tu attends ici près des ascenseurs ?

Comment n'avais-je pas remarqué sa présence ? J'avais changé de poste, travaillant à l'autre bout du couloir il y a quelques heures quand j'ai dû remplacer une autre infirmière.

— Je voulais te parler à la sortie du travail, dit Luka.

Il est sombre. L'ascenseur est vide, sauf pour nous deux.

— Il s'est passé quelque chose ? demandé-je.

— Mark est mort.

J'inspire un grand coup, et je halète, m'étouffant avec ses mots.

— Mort ? je répète.

Je n'arrive pas à respirer. Je suffoque. Tout l'air de l'ascenseur a été englouti, et je lutte pour survivre.

— Hannah, respire, dit Luka.

Ses mains sont sur mes bras. Elles sont fortes et chaudes, mais il ne me fait pas mal comme Mark quand il m'a attrapée.

Luka essaie de me calmer.

— Inspire.

J'inspire profondément.

— Expire, dit Luka.

Je suis ses instructions.

L'ascenseur sonne, et les portes s'ouvrent. Mon corps est couvert d'une couche de sueur glacée. Mon cœur martèle contre ma cage thoracique, et je halète à nouveau pour respirer.

— Que s'est-il passé ? demandé-je.

— Tu fais une crise de panique, dit Luka.

Il m'accompagne vers un banc à proximité et me fait asseoir. Il se tient devant moi, ses jambes me bloquent, m'empêchant de tomber en avant si je m'évanouis.

— Je voulais dire avec Mark, dis-je. Tu as dit qu'il était mort.

Je n'arrive pas à comprendre ce qui s'est passé ni comment Luka aurait pu découvrir que quelque chose était arrivé à Mark.

— Mikhail a envoyé des gars chez toi pour voir si Mark avait besoin d'aide pour faire ses bagages.

— Bien sûr, il a fait ça, dis-je en regardant fixement Luka. (Je ne le crois pas. Ça me fait mal rien que de le demander, mais je dois savoir.) Tu l'as tué ?

Luka fait un pas en arrière, consterné par ma question.

— Il a fait une crise cardiaque, Hannah.

Je presse mes lèvres l'une contre l'autre et pousse un soupir de soulagement. Mon regard se pose sur mes mains croisées sur mes genoux.

— Il était très stressé ces deux derniers jours.

— Ne va pas te reprocher ce qu'il t'a fait, dit Luka en haussant la voix, et je jette un coup d'œil autour de moi, inquiète que quelqu'un puisse entendre notre conversation.

Peut-être que je ne devrais pas avoir honte de ce qui s'est passé, mais je ne veux pas que quelqu'un d'autre puisse me regarder comme Luka le fait, comme si j'avais besoin d'être dorlotée.

Je ne suis pas une enfant.

Je peux prendre soin de moi. Je l'ai fait toute ma vie jusqu'à ce que Luka arrive, et maintenant quoi ? Je suis censée le laisser gérer les choses et m'aider ?

Soupirant, je me frotte le front et je sors mes clés de ma poche.

Il est tard, et il n'y a pas grand monde dans le hall. Un garde est près de la porte, mais il est trop loin pour entendre notre conversation.

— Je suis désolée.

Je m'excuse d'avoir accusé Luka d'avoir fait quelque chose à Mark. Luka n'est pas un monstre. Il ne ferait de mal à personne. Quel genre de personne suis-je pour avoir des pensées aussi terribles ?

Luka me tire contre lui. Il est chaud et fort, et son odeur virile flotte sur moi. C'est étrangement relaxant et presque hypnotisant.

Je me détache enfin de son étreinte.

—Je devrais aller au garage. Je te retrouve chez toi ?

— Chez nous, dit Luka en me corrigeant, et je te ramène à la maison.

Il ouvre sa main pour que je dépose mes clés dans sa paume.

— Comment es-tu venu ici ?

— Je me suis fait conduire, dit Luka. Tu ne vas pas conduire après la nouvelle concernant Mark. Tu es en état de choc, dit-il en me regardant.

Devrais-je pleurer ? Il y a une lourdeur qui pèse sur ma poitrine et une pierre au creux de mon estomac. Mes yeux me brûlent, mais ce n'est pas à cause des larmes. Je justifie ça par un manque de sommeil.

Ça ne sert à rien de débattre avec Luka. Il essaie de faire ce qui est juste, et si cela signifie me ramener chez lui, j'accepte l'offre.

Je dépose mes clés dans ses mains, il referme ses doigts autour du métal et glisse son bras dans le mien, nous reliant ainsi.

— Allez, conduis-moi à la voiture, dit Luka. Et pour info, on ne va pas à ma maison. C'est notre maison.

Je n'ai pas assez dormi ou je suis trop secouée par la nouvelle que Luka m'a annoncée concernant la mort de Mark. C'était une bombe, et il a fallu attendre jusqu'à maintenant pour qu'elle explose.

Une seule phrase, « c'est notre maison », me fait tomber à genoux en sanglots.

Luka est calme, fort, ma base solide, alors qu'il me prend dans ses bras. Sa main caresse ma tête, et je jure que je sens son pouls fort contre ma poitrine.

Je mouille sa chemise avec mes larmes. Je ne veux pas pleurer, faire mon deuil, m'effondrer. Surtout pas au travail, mais au moins, j'ai réussi à me rendre dans le hall et pas à l'étage avec nos patients.

Ma poitrine me fait mal, et je ne comprends pas pourquoi. Mark m'a fait du mal. Il m'a brisée. Il a trahi ma confiance en prétendant être quelqu'un qu'il n'était pas, en nous retenant Bay et moi contre notre volonté dans l'appartement.

Mais j'allais commencer une vie avec lui, et nous avons partagé une maison. Ces sentiments ne disparaissent pas comme ça, même si je souhaite que tout parte.

Luka nous ramène dans ma voiture au manoir que j'appelle maintenant mon chez moi. C'est étrange de vivre sous le toit d'un autre homme. Ce n'est pas ma maison, pas encore. Peut-être qu'avec le temps, ça y ressemblera quand je me serai adaptée au monde qui m'entoure.

Mais pour le moment, je me sens anesthésiée.

Gelée.

Luka me conduit à l'intérieur de la maison. Je ne me souviens pas du trajet du retour, si ce n'est que je me suis assise sur le siège avant. Le monde qui m'entoure est devenu flou.

— Tu as faim ? Tu as dîné au travail ? demande Luka.

Il balaie une mèche de cheveux derrière mon oreille, son attention étant entièrement tournée vers moi. Un autre gentleman s'approche de Luka.

— Je peux te parler ?

— Je suis occupé pour le moment, Nikita. Ça peut attendre ?

— Viens me voir quand tu auras un moment de libre, dit Nikita avant de traverser le hall à grands pas et d'entrer dans un bureau.

— C'était quoi ça ? demandé-je. Tu travailles à cette heure-ci ?

— Je travaille à toute heure, dit Luka en souriant chaleureusement.

Son pouce caresse ma mâchoire, et je pense pendant un instant qu'il pourrait m'embrasser.

Il ne le fait pas.

— Si tu n'as pas faim, que dirais-tu que je te mette au lit ? demande-t-il.

— Bay dort, lui rappellé-je en lui offrant un sourire rassurant sur le fait que je peux prendre soin de moi. Je ne veux pas la réveiller.

Ses mains s'enroulent autour de ma taille, me tirant contre lui.

— Tu pourrais partager un lit avec moi.

— Ce n'est probablement pas une bonne idée, dis-je.

Même si l'idée est tentante, je ne devrais pas me jeter dans son lit pour oublier Mark.

Il ne relâche pas sa prise sur mes hanches. Ses mains sont fermes et se bloquent ensemble contre le bas de mon dos. Le toucher de Luka est relaxant, mais pas dans le sens de l'endormissement.

— Nous ne sommes pas obligés de coucher ensemble, dit-il en me fixant dans les yeux. On dit que je fais d'excellents massages.

J'inspire vivement, et je jure qu'il peut probablement entendre mon cœur battre contre ma poitrine.

— Ou si tu es épuisée, on peut simplement dormir, dit-il.

Ouais, comme la nuit dernière, on était juste des amis qui traînaient ensemble et buvaient des verres. Cela a presque fini avec nous deux nus. Non pas que je le regrette, mais on devrait y aller un peu plus doucement.

— Aussi tentante que soit l'offre, Bay va se réveiller et se demander où je suis demain matin.

Il sourit et relâche sa prise. Luka n'est pas du tout contrarié, mais il est honnête.

— Tu as une excuse pour tout, n'est-ce pas ?

— Eh bien, on vit ensemble. Ne devrions-nous pas essayer de faire en sorte que ça marche ? En tant que co-parents.

J'essaie d'être une bonne mère pour Bay, en mettant les besoins de ma fille au-dessus de mes désirs.

— C'est ce que tu veux ? demande Luka.

Il me fait reculer, me plaquant contre le mur du couloir, me piégeant. La chaleur de sa proximité fait s'intensifier ma respiration.

Ses yeux s'assombrissent, sa bouche s'ouvre et il se penche vers moi, sa voix chuchote alors qu'il effleure mon oreille.

— On peut rester professionnels. Mais je veux l'entendre de ta bouche. Que ce que nous avons eu ne veut rien dire et ne se reproduira plus jamais.

— Je n'ai jamais dit que ça ne voulait rien dire. (Ma tête repose contre le mur, et j'incline la tête pour plonger dans son regard de feu. Mes lèvres s'écartent et ma voix est déjà rauque. Le couloir est étouffant, et son regard intense ne fait que me chauffer davantage.) Je suis toujours attirée par toi, Luka. Ça n'a pas changé.

Je ne cache pas mes désirs ni mes sentiments à son égard. Il n'y a aucune raison de faire semblant quand il peut le voir juste en face de lui.

— Pourquoi ne pas nous donner une chance ? demande-t-il.

— Mark vient de mourir. Est-ce qu'on est sérieusement en train d'avoir cette conversation maintenant ?

— Tout ce que j'ai demandé, c'est de te border dans ton lit, dit Luka.

Il ne détourne même pas le regard. Il pose une main contre le mur et l'autre sur ma hanche.

Son toucher cause ma perte.

De grosses mains rugueuses caressent ma hanche, le bout de ses doigts caresse ma peau nue à l'ourlet de ma chemise. Ma respiration est rauque, et mes paupières deviennent lourdes.

— C'est ça, murmure-t-il, satisfait de ma réponse. Détends-toi.

J'incline la tête en arrière, et ses lèvres se posent sur mon cou, suçant et mordillant doucement la peau. Ses doigts effleurent la ceinture de mon pantalon, frôlant mon ventre, faisant palpiter mes entrailles et envoyant une pulsation chaude à travers tout mon corps.

— Ce n'est pas me border dans mon lit, râlé-je.

Je suis bavarde, et je veux qu'il me fasse taire en me donnant ce que Mark ne pouvait pas. Il ne fait aucun doute que Luka sait qu'il m'a enflammée et qu'il est fier de ce qu'il a accompli.

Les coins de ses lèvres se retroussent.

— Je suppose que non. (Luka se penche plus près, ses lèvres me provoquant, me poussant à l'embrasser. Mais il ne se rapproche pas de moi.) Tu veux que j'arrête ? Parce que, dis le mot, et je t'envoie te coucher en haut.

— Je veux que tu m'emmènes dans ton lit et que tu me fasses ce que tu veux, dis-je.

Luka grogne en mordant ma lèvre inférieure, la tirant entre ses dents.

— Je le veux aussi, *Zaya*.

Je gémis, et Luka pousse son genou entre mes cuisses, exerçant une pression parfaite sur mon centre. Je ferme les yeux, et je fais tout ce que je peux pour ne pas frotter mes hanches sur son genou.

Mais il semble avoir d'autres idées. Son genou pousse vers le haut jusqu'à ce que je ne puisse plus étouffer un gémissement. Il relâche un peu la pression et refait le mouvement encore et encore.

Tout le monde pouvait nous voir. Un de ses copains était dans le couloir il y a quelques minutes. Où est-il allé ?

— Luka, ronronné-je, mes ongles grattant son dos, le griffant.

Il va me rendre folle de désir.

Il me maintient plaquée contre le mur, son genou poussant contre mon corps, me chauffant et faisant palpiter mes entrailles.

Il se penche en avant, ses lèvres effleurant mon oreille. Il chuchote,

— Tu vas jouir pour moi, *Zaya*.

Je gémis.

Le couloir fait mille degrés, et j'ai envie d'arracher mes vêtements, mais n'importe qui pourrait arriver et voir ce que l'on fait. Et bien qu'il soit tard et que la majorité des occupants de la maison soient au lit, il y a des hommes éveillés, marchant dans les couloirs, faisant leur travail.

Leurs pas s'approchent du couloir, et un frisson parcourt mon corps.

Luka continue de frotter son genou contre moi. Son érection me touche, et je tends la main vers la boucle de sa ceinture, pour retirer son pantalon. Je veux lui donner du plaisir, le toucher et l'exciter davantage.

— Non, il ne s'agit que de toi, dit Luka en plaquant mes bras contre le mur.

Je suis à la fois au paradis et en enfer. Je veux que Luka me dévore, mais la perspective d'être vue ne m'enchante pas.

— A l'étage ? râlé-je.

Les lèvres de Luka chatouillent mon cou, et il recule légèrement, croisant mon regard.

— On peut faire ça.

Il prend ma main et m'emmène jusqu'à sa chambre.

Dès que la porte se ferme, il me pousse contre le bois. Nos bouches se confondent dans des baisers enflammés. On n'arrivera jamais jusqu'au lit à ce rythme, et je m'en fiche.

Il tire sur ma chemise, l'arrache et la jette à travers la pièce. Sa chambre est faiblement éclairée, mais ses doigts tracent les bleus sur mon cou. L'attention de Luka se porte sur les marques que Mark a laissées derrière lui.

— Sois heureuse qu'il soit mort, dit Luka en posant ses lèvres sur mon cou. Si quelqu'un pose un doigt sur toi, je le tue.

Je respire vivement à ses mots. Je n'ai jamais demandé la protection ou la dévotion de Luka. Une douzaine de pensées contradictoires commencent à se bousculer dans mon esprit à propos de Luka et Mark, mais elles sont étouffées lorsque Luka place sa bouche sur la mienne, sa langue se glissant entre mes lèvres.

Mes doigts se coincent dans ses cheveux, le tirant plus près et le faisant reculer vers le lit. J'ai besoin d'oublier la douleur, d'effacer les souvenirs qui me hantent. Luka est le seul homme capable de me faire sentir vivante.

— Préservatif ? demandé-je, en m'assurant que nous sommes prêts, bien que Luka soit encore tout habillé, et que je n'ai pas encore enlevé mon pantalon.

— Ralentis, *Zaya*, dit Luka en souriant.

Il me fait tourner, me guide sur le matelas.

Je recule, et il rampe au-dessus de moi, ses doigts rugueux et chauds alors qu'il baisse mon pantalon, l'enlève et le jette derrière lui.

Il grimpe entre mes jambes et pose une jambe sur son épaule tandis qu'il se penche vers ma culotte, effleurant le tissu fin.

— Tu es mouillée pour moi, dit-il, satisfait de ce qu'il a accompli.

Il me caresse à travers le tissu délicat, et je jure que je sens sa langue. La barrière de coton est trop épaisse.

Il sent mon inconfort et arrache ma culotte, faisant palpiter mon estomac.

— Tu es tellement sexy nue, murmure Luka.

Il ramène doucement ma jambe sur le matelas en grimpant sur moi.

— Je veux te voir nu.

— Et tu me verras, dit Luka en me souriant.

Ses yeux brillent, et mon cœur bat la chamade dans ma poitrine.

J'attrape sa chemise, j'ouvre le coton blanc en tirant dessus, les boutons s'arrachant.

— C'était ma belle chemise, dit Luka d'un air grave, en pressant mes bras contre le matelas.

— Sérieusement ? Toutes les chemises que tu portes se ressemblent.

Ça ne fait que quelques jours que je suis avec lui, mais il s'habille toujours de la même façon. Je parie que toutes les chemises de son armoire sont blanches.

Il grogne allègrement et se baisse pour capturer mes lèvres en se pressant contre moi.

Je ne peux pas empêcher le gémissement qui s'échappe de mes lèvres et j'enroule mes jambes autour de lui. Au lieu de me battre pour le contrôle, je veux nourrir son désir. Je me démène avec ses hanches, essayant de nous faire basculer pour que je puisse le déshabiller correctement.

Mais Luka a d'autres idées qui n'impliquent pas que je le domine.

— As-tu déjà été attachée au lit ? demande Luka, ses lèvres caressant mon oreille.

Ma bouche s'assèche. L'idée m'a intriguée, mais je ne connais pas assez Luka pour lui faire confiance, pour m'abandonner complètement à lui. C'est un grand pas.

— C'est un fantasme, avoué-je en me mordillant la lèvre inférieure. Mais pas pour aujourd'hui.

Il dépose un autre baiser chaud sur mes lèvres et relâche sa prise sur mes bras.

Mes mains se tendent, effleurent sa poitrine, touchent sa peau nue tandis que je laisse mes doigts se promener jusqu'à la boucle de sa ceinture. Je libère la boucle et il dézippe son pantalon, me permettant de le retirer ainsi que son caleçon pendant que j'admire chaque centimètre de lui.

— Tu me fixes, dit-il.

Comment pourrais-je ne pas le fixer ? Il est énorme, bien pourvu, et fait honte à Mark. Non pas que Mark était bon au lit.

Je laisse mes doigts dépasser son ventre pour atteindre ma destination, mais Luka m'attrape les poignets et me repousse contre le matelas.

— Souviens-toi, ce soir, tu es le centre de l'attention.

— Oui, et je veux te goûter, dis-je en jetant un coup d'œil vers le bas, bien que je ne puisse pas voir grand-chose entre nous, pressés contre le matelas.

Il essaie de cacher son sourire, mais ses yeux brillent.

— Tu le feras, la prochaine fois qu'on fait ça, dit Luka.

Mon cœur bat contre ma cage thoracique lorsqu'il admet que ce n'est pas quelque chose qui ne se produira qu'une fois entre nous, qu'il veut que cela se produise à nouveau.

La pièce est chaude, et je suis sûre que je suis rouge ou du moins que je rougis.

— Détends-toi, *Zaya*.

Il relâche sa prise ferme sur mes bras et dépose des baisers fervents sur ma peau, de mon cou vers le bas de mon torse.

Chaque baiser me donne envie de plus avec lui.

C'est comme s'il savait exactement ce dont j'ai besoin et qu'il me le donnait, encore et encore. Sa bouche est chaude et caresse l'intérieur de mes cuisses avec une douce traînée de baisers.

J'inspire un grand coup lorsqu'il atteint enfin sa destination, et c'est un million de fois mieux que ce que j'avais imaginé avec Luka.

Il fait glisser sa langue sur ma chatte, et mes entrailles tremblent et frémissent tandis qu'il goûte, titille et me pousse vers la limite.

Luka sait exactement quoi faire, et mon cœur bat contre ma poitrine, mes orteils se recroquevillent, et mon dos se cambre sur le matelas.

Il remonte le long de mon torse après que la première vague m'ait traversée et m'embrasse en prenant un préservatif. Un instant plus tard, il glisse sa bite dans ma chaleur, confiant que je suis prête pour lui.

Luka remplit chaque centimètre de moi, faisant souffrir mon intérieur de la manière la plus délicieuse qui soit.

La pièce s'emplit de gémissements et de respirations lourdes, de halètements, alors qu'il me pénètre. J'enroule mes jambes autour de lui, l'attirant plus profondément, le voulant plus près, plus serré, et ne faisant qu'un avec moi.

Une autre vague s'abat sur moi, et il me mord le cou, laissant une marque délicieuse. Je frissonne et gémis, et Luka couvre mes lèvres des siennes. Je ne sais pas s'il me fait taire parce que je vais réveiller toute la maison ou s'il a autant de désir que moi d'être accrochée à lui.

Je ne veux pas que ce moment se termine, mais quand il finit par se terminer, il dépose un baiser sur mon front et descend du lit pour jeter le préservatif.

J'attrape les couvertures, épuisée. Va-t-il me demander de retourner dans ma chambre ? Je devrais, parce que Bay est là-bas, et sinon, le matin venu, elle sera contrariée de se réveiller seule dans une maison relativement inconnue.

Mais à la place, je ferme les yeux.

La lumière de la salle de bain est éteinte, et le lit se penche lorsque Luka se glisse sous les couvertures avec moi. Il m'attire contre lui, me prend dans ses bras.

— Je ne t'ai jamais pris pour un amateur de câlins, marmonné-je, à moitié endormie.

— Je ne le suis pas, murmure Luka contre mon cou. Pas habituellement. Je profite du temps que j'ai avec toi dans mon lit.

DIX-HUIT

Luka

On frappe fermement à la porte de la chambre.

J'ai trop dormi. Un coup d'œil à l'horloge, et il est 8 heures passées. Pas que ça me préoccupe. Je tends la main à côté de moi, et le lit est glacé. Hannah a dû sortir en douce ce matin ou pendant la nuit.

Je ne l'ai pas entendue partir.

— Juste une seconde ! crié-je en attrapant mon caleçon et en l'enfilant avant d'ouvrir la porte de la chambre.

Nikita est habillé et prêt à affronter la journée.

Moi ? Je préférerais retourner au lit avec une brune sexy qui est en bas.

— Qu'est-ce qu'il y a ? demandé-je en frottant ma nuque.

Nikita hoche la tête.

— Je peux entrer ?

J'ouvre la porte de la chambre, et il jette un coup d'œil autour de lui, prenant note de mes vêtements éparpillés dans la pièce.

— Rencard torride avec la mère en bas ? Le sourire sur son visage me dit qu'il ne va pas garder le secret.

— Qu'est-ce que tu veux, Nikita ?

— J'ai les informations que Mikhail m'a demandé sur Mark. Une fois que j'ai réussi à obtenir son nom complet, Markus Jacobi, j'ai compris le lien assez rapidement. Il est l'un des nôtres, dit Nikita.

— Ce n'est pas possible, dis-je en secouant la tête.

J'aurais reconnu Mark s'il avait travaillé pour la bratva. Bien que je ne connaisse pas tous les soldats et associés, je suis doué pour reconnaître les visages et les noms.

— C'était un associé de bas rang, Markus Jacobi. Il s'occupait de la comptabilité d'un des clubs que possède Mikhail.

Je me penche, ramassant mes vêtements de la veille, dont une demi-douzaine de boutons éparpillés sur le sol.

— Hannah a mentionné qu'il était comptable.

— À ma connaissance, il détournait de l'argent, juste un peu chaque mois, sur un compte offshore aux Caïmans. Il semblerait qu'il ait réalisé qu'il était impliqué dans un plan de blanchiment d'argent et qu'il ait décidé de se servir sur une partie de notre part.

— Abruti, marmonné-je. Qui était au courant du vol ?

— Mark a travaillé avec Dmitri, dit Nikita. Dmitri soupçonnait Mark d'être véreux et a demandé à Anton de surveiller son bureau mais pas son domicile.

— Qui d'autre savait ?

— L'équipe qui a mis en place la surveillance électronique. Dmitri ne l'a même pas dit à Mikhail parce qu'il ne voulait pas l'inquiéter s'il avait tort. Tu sais à quel point Mikhail peut être prompt à réagir. Dmitri ne voulait pas tirer de conclusions hâtives. Il n'avait pas de preuves, juste des soupçons.

— Mais Mikhail n'a pas reconnu Mark l'autre nuit, dis-je. On l'a bien malmené à l'extérieur de la propriété. N'aurait-il pas dû reconnaître un de ses employés ?

— Mikhail n'avait pas rencontré Mark directement, et il le connaissait en tant que Markus. Il n'y avait aucune raison pour que Mikhail réalise que le fiancé d'Hannah était notre comptable.

Je prends mes vêtements dans l'armoire et me dirige vers la salle de bain, en écoutant Nikita à travers la porte.

— Qu'est-ce que Hannah sait de l'implication de Mark ?

— C'est pour ça que je suis là, à frapper à ta porte, dit Nikita. Je devais d'abord rapporter ce que j'ai trouvé à Mikhail. Il veut savoir si on peut faire confiance à ta copine.

Je change de boxer et enfile mon pantalon avant d'ouvrir la porte.

— Hannah ne sait rien, dis-je.

J'attrape une chemise blanche impeccable et la glisse sur mes épaules, en la boutonnant du haut vers le bas.

— Tu es sûr ? Qu'en est-il du compte aux Caïmans ? demande Nikita.

— Je vais lui demander, mais elle pourrait avoir plus de questions sur notre entreprise quand je le ferai.

———

Bay est assise par terre, jouant avec les animaux en peluche que nous avons ramenés de l'appartement.

Hannah est sur le sol avec elle, faisant semblant de prendre le thé avec tout le zoo.

— On peut s'asseoir et parler ? demandé-je à Hannah.

— Bien sûr, dit-elle en se levant. Je reviens tout de suite. Reste ici, d'accord ?

Hannah dépose un baiser sur le front de Bay avant de me suivre hors de la pièce, dans le couloir, et dans mon bureau.

Elle met un pied à l'intérieur et jette un coup d'œil dans la pièce.

— Qu'est-ce qui se passe ? Elle croise ses bras sur sa poitrine.

Je ne peux pas dire si elle a froid ou si elle est mal à l'aise.

— Assieds-toi, je fais un geste vers le fauteuil en cuir, et elle fronce les sourcils mais fait ce que je lui demande.

— Luka ? Tu regrettes la nuit dernière ? Ses sourcils sont froncés, et je veux lui assurer que la nuit dernière n'a rien à voir avec mes questions, mais je ne peux pas la réconforter maintenant.

On frappe brusquement à la porte et Mikhail entre dans le bureau.

Il veut assister à l'interrogatoire, bien que je n'aie pas prévu que ce soit une enquête à grande échelle. En ce qui me concerne, Hannah n'a rien fait de mal.

Mikhail se tient près de la porte, les mains jointes devant lui. Il me fait signe de parler et de commencer.

— Savais-tu que Mark travaillait pour Mikhail ?

Elle passe son regard de moi au pakhan par-dessus son épaule.

— Non. Il n'en a jamais parlé. (Elle se frotte le front, et son attention revient sur moi.) Il a beaucoup de clients importants. Je n'en connais aucun. Qu'est-ce qui se passe ?

— Ton fiancé m'a volé de l'argent, dit Mikhail. (Il s'avance dans le bureau et vient se placer à côté de moi.) Nous pensons qu'il a créé un compte offshore dans les îles Caïmans où il a transféré un pourcentage de nos fonds.

Les yeux d'Hannah s'écarquillent et elle s'enfonce dans le fauteuil en cuir. Son visage est sinistre.

— C'est nouveau pour moi. Mark était pratiquement un saint jusqu'à cette semaine.

J'échange un regard avec Mikhail.

— Qu'est-ce que tu veux dire ? demande Mikhail, souhaitant une explication plus approfondie des événements.

Elle soupire, et ses épaules s'affaissent alors qu'elle me regarde fixement.

— Tout a commencé quand j'ai croisé Luka au bar avec Madisyn. Quand Luka m'a ramené à la maison, il a croisé Mark à la porte d'entrée. Les choses ont changé. Mark a changé.

Je jette un coup d'œil à Mikhail.

— Il est possible que Markus m'ait reconnu.

La bratva est propriétaire de son lieu de travail, et bien qu'il ait un bureau à lui dans notre établissement, nous aurions pu facilement nous croiser.

— Que veux-tu dire, il t'a reconnu ? (Hannah se lève et jette un coup d'œil entre nous.) Je ne sais pas ce qui se passe, mais Mark est mort. Vous voulez avoir accès au compte à l'étranger ? Je peux fouiller l'appartement et voir si je trouve des informations sur le compte, dit Hannah.

— Ce n'est pas nécessaire, dit Mikhail en la regardant. (Il l'observe, s'assurant qu'elle ne lui ment pas ou ne cache pas quelque chose d'important.) Nous pouvons tracer son ordinateur et trouver l'argent nous-mêmes.

Ce n'est pas aussi facile que ça, mais Mikhaïl ne laisse pas entendre qu'il s'agit d'une longue entreprise pour retrouver les fonds.

Hannah hoche lentement la tête.

— Je suis désolée pour sa trahison envers ton entreprise. (Les coins de ses lèvres sont tournés vers le bas.) Il n'a jamais parlé de son travail ou de ses clients avec moi.

— Il n'avait qu'un seul client, dit Mikhail. (Il me jette un coup d'œil, puis revient vers Hannah.) Peux-tu nous laisser une minute ?

Elle se lève de son fauteuil et se dirige vers la porte.

— Tu as dit qu'il n'avait qu'un seul client ? demande Hannah en s'approchant de la porte.

— C'est vrai, dit Mikhail. Nous l'avons gardé occupé avec notre paperasse et nos finances.

— Il a parlé de déménager à l'étranger pour le travail. Ce n'était pas vrai, n'est-ce pas ? Hannah expire doucement, sa lèvre inférieure fait la moue.

— Il n'aurait pas déménagé pour son travail, dis-je. Mark avait prévu de s'enfuir et de déménager aux Caïmans après avoir siphonné assez d'argent pour un nouveau départ. Les hommes comme Markus qui volent la bratva ont une courte durée de vie. Il devait savoir que nous l'avions démasqué. Va tenir compagnie à Bay. Je viendrai te chercher si nous avons d'autres questions, dis-je.

Hannah sort de mon bureau, fermant discrètement la porte derrière elle.

J'attends qu'elle ne soit plus derrière la porte et dans le couloir.

— Je la crois, dis-je, en attendant l'avis de Mikhail.

Son avis est le seul qui compte, mais je veux qu'il soit clair que je ne crois pas que Hannah ait fait quelque chose de mal.

— D'après les images de surveillance du bureau que Nikita m'a montrées, Markus ne l'a pas contactée, ni personne d'autre, pendant son travail. Son histoire a l'air réglo. Garde un œil sur elle dans les environs et assure-toi qu'elle n'essaie pas d'obtenir des informations, mais je n'ai aucune raison de suspecter son implication.

Je pousse un soupir de soulagement. C'est une bonne chose qu'Hannah ne soit pas dans la ligne de mire de Mikhail, car si elle l'était, elle serait probablement jetée dans la prison au sous-sol et interrogée avec des méthodes bien plus dures que celle de s'asseoir pour une petite discussion.

Mikhail sort de la pièce, et je m'assieds à mon bureau pour finir de visionner les vidéos de surveillance que nous avons prises et effacer la vidéo de la nuit de la mort de Mark.

On frappe brutalement à la porte.

— Entrez, dis-je à la personne qui se trouve de l'autre côté.

Madisyn entre dans mon bureau. Elle ferme la porte derrière elle.

— Qu'est-ce qui se passe ? lui demandé-je.

— Il faut qu'on parle.

DIX-NEUF

Hannah

Quelques minutes plus tôt...

Mark m'a menti. Cette semaine est de mieux en mieux. D'abord, il m'a retenu contre ma volonté dans l'appartement. Ensuite, il a eu une crise cardiaque et est mort. Maintenant, je découvre qu'il a volé de l'argent à l'entreprise qui l'employait.

— Mama, dit Bay en poussant la théière pour que je la remplisse.

C'est un faux thé, pour faire semblant, mais mon esprit est à des millions de kilomètres et je suis trop distraite pour me rappeler comment faire un faux thé.

Bay grimpe sur mes genoux quand je ne fais pas rapidement ce qu'elle veut.

Des pas lourds se font entendre dans le couloir, et je jette un coup d'œil à la porte alors qu'un homme que je ne reconnais pas entre dans la pièce.

— Madame, ceci a été trouvé avec le linge. Je crois que ça a été mis accidentellement dans le bac à linge.

Il me tend une enveloppe rouge, scellée. Mon nom est griffonné sur le devant avec l'écriture de Mark.

— Où avez-vous eu ça ? demandé-je, en poursuivant le monsieur et en asseyant Bay sur le sol.

— Comme je l'ai dit, dans le linge. Une des femmes de ménage l'a trouvée avec les vêtements et a pensé qu'il fallait vous la rendre.

— Merci, dis-je en étudiant l'enveloppe.

Il se dépêche de retourner à ses occupations et disparaît dans le couloir. J'ai vu ce monsieur une ou deux fois, mais je n'ai jamais appris son nom.

Expirant nerveusement, je ne suis pas sûr d'être prête à lire la lettre. Et si c'était des excuses ?

J'en doute.

C'est probablement une lettre que Mark m'a écrite pour me dire que je suis une horrible personne qui l'a quitté et que je ne serai jamais heureuse sans lui dans ma vie. Je ne devrais pas ouvrir l'enveloppe. Au lieu de ça, je devrais la mettre dans la broyeuse à papier la plus proche ou la brûler.

Mais la curiosité prend le dessus, et je déchire l'enveloppe, sortant une note écrite à la main par Mark.

Hannah,

J'aimerais pouvoir tout expliquer en personne. Mais je ne peux pas. Pas tant que tu vis sous le toit de la bratva.

Je t'ai dit de rester loin de Luka et de ne pas lui dire que Bay est son enfant biologique. Je ne peux pas te protéger si tu es avec lui. Et même si je voulais tout te dire, te le dire pourrait te faire tuer.

Luka n'est pas l'homme qu'il prétend être. C'est un menteur. T'a-t-il dit qu'il travaille pour Mikhail Barinov, le plus grand patron du crime de la côte est ?

Je le sais seulement parce que je travaille pour lui. Je n'ai jamais rencontré l'homme ; il est trop intelligent pour se salir les mains. Mais il y a des preuves, une trace écrite de ses transactions illicites.

Luka est un membre de la Bratva russe. Ce sont des hommes puissants et dangereux qui me tueraient pour t'empêcher de découvrir la vérité.

Si je meurs, tu dois savoir que je n'étais peut-être pas innocent, mais eux non plus. Ce sont des meurtriers, des voleurs, des barons de la drogue et des criminels.

Fais attention.

Mark

Mon souffle se bloque dans ma gorge, et je lis la lettre une fois de plus, m'assurant que je n'ai rien manqué. Je mets l'enveloppe et son contenu dans ma poche.

Nous ne pouvons pas rester ici. Si Mark avait raison et que Luka fait partie d'une organisation criminelle, Bay n'est pas en sécurité avec Luka.

J'attrape Bay sur le plancher.

— Maman, par terre ! proclame Bay alors que je prends son lapin en peluche préféré et que je le lui donne pour l'occuper pendant que je me précipite dans le couloir, devant le bureau de Luka.

Je ne peux pas le confronter. Il ne ferait que me mentir. Un homme travaillant pour la Bratva n'admettra pas ses actes infâmes.

Je me précipite dans le couloir, à la recherche de Madisyn. Elle est dans la cuisine, prenant un encas dans le frigo.

— On doit sortir d'ici, dis-je, en gardant ma voix basse.

Madisyn ouvre un pot de glace Ben & Jerry's et en prend une cuillère, enfonçant la sucrerie dans sa bouche. Elle me regarde comme si j'étais devenue folle.

J'aimerais que ce soit le cas. Ce serait plus facile à gérer que de savoir que le père de mon enfant est un monstre.

— Hein ? demande Madisyn, attendant une explication à mon emportement.

Je lui montre l'enveloppe et la lettre, légèrement froissée mais encore parfaitement lisible.

— Mikhail, Luka, ce sont des bratva, dis-je. (Je jette un coup d'œil derrière nous à l'entrée ouverte de la cuisine.) Je pars d'ici avec Bay. Tu devrais venir avec nous, dis-je en la regardant.

Elle n'est pas visiblement enceinte, du moins je ne peux pas le voir, mais elle ne peut pas vouloir cette vie pour son enfant.

— Je ne pars pas, dit Madisyn. Et je pense que tu devrais parler à Luka avant de partir.

Elle prend une autre cuillerée de glace, n'étant pas perturbée par la nouvelle.

— Tu savais qu'ils étaient des bratva ?

Je n'arrive pas à croire qu'elle ne me l'ait pas dit. Comment peut-elle être d'accord avec ça pour son enfant ?

— Je travaillais pour le FBI, dit Madisyn.

Elle me l'a déjà dit une fois, mais je ne l'ai pas crue. Je pensais qu'elle plaisantait sur le fait d'être un agent fédéral.

Je recule hors de la cuisine.

— Je ne peux pas rester.

Je me précipite dans le couloir et vers la porte d'entrée. Je ne prends pas la peine de prendre mes affaires. Je n'ai pas le temps.

Je mets Bay sur la banquette arrière et l'attache dans son réhausseur avant de monter sur le siège avant, de claquer la porte et de partir. Heureusement, le garde ouvre le portail sans poser la moindre question.

Au moins, nous ne sommes pas prisonnières. Je pousse un soupir de soulagement, mais je ne me sens ni calme ni rassurée. Je ne peux pas retourner au travail. Luka sait où j'habitais, où je travaillais, et tout ce qui me concerne.

Je dois quitter la ville, m'éloigner de New York, me mettre en sécurité. C'est la seule chance de garder Bay et moi en sécurité.

VINGT

Luka

On frappe énergiquement à la porte.

— Entrez, dis-je.

Madisyn ouvre lentement la porte de mon bureau et passe la tête à l'intérieur. Je lui fais signe d'entrer, et mon estomac se retourne quand je vois l'enveloppe rouge d'hier soir, que Mark avait laissée pour Hannah.

— Où as-tu eu ça ? demandé-je.

En regardant de plus près, je peux voir le contenu déchiré, mais je ne sais pas ce que disait la lettre. Je ne l'ai jamais lue.

— Hannah me l'a donnée. Elle voulait que je parte avec elle.

— Partir ? Je me lève d'un bond de mon bureau et passe devant Madisyn. Tu l'as laissée partir ?

Je me dirige vers la pièce où Bay jouait plus tôt dans l'après-midi.

— Je ne suis pas sa gardienne, dit Madisyn en me suivant dans le couloir.

Elle croise les bras sur sa poitrine lorsque je jette un coup d'œil dans le bureau et que je vois les jouets abandonnés mais aucun signe de Hannah ou de Bay.

— Où est-elle allée ?

— Tu aurais dû être honnête avec elle, dit Madisyn. Elle allait finir par le découvrir. Que pensais-tu qu'il arriverait quand elle découvrirait la vérité venant de son ex-fiancé ?

Je raille à sa suggestion.

— Il n'était pas censé lui dire. Il est mort !

Mikhail sort de son bureau, en entendant l'agitation.

— Qu'est-ce qui se passe ici ?

— Hannah est partie avec Bay, dis-je. Elle a découvert que nous sommes une bratva et est partie avec mon enfant.

— Bay est aussi son enfant, dit Madisyn. Elle essaie juste de la protéger. Elle reviendra.

Je lance un regard furieux à Madisyn.

— Tu ne connais pas Hannah. Elle ne reviendra pas.

Je me dirige vers le garage et attrape un trousseau de clés.

— Où vas-tu ? demande Mikhail. A moins que tu ne saches où elle va, tu ne la trouveras jamais.

C'est le but. Elle ne veut pas être trouvée. Hannah n'a pas de téléphone que je puisse tracer, et je n'ai jamais mis de traceur GPS sur son véhicule.

— Je ne peux pas la laisser partir avec ma fille ! (Je passe nerveusement mes doigts dans mes cheveux.) Que proposez-vous que je fasse ?

— Nous pouvons pirater les vidéos de surveillance des routes et suivre son véhicule où qu'elle aille, dit Mikhail.

Il est calme. Comme s'il avait déjà fait ça avant et qu'il n'était pas le moins du monde inquiet.

La sueur perle sur mon front. Mon estomac est noué, et j'espère ne pas être malade. Peut-être que je ne devrais pas m'en soucier, mais Bay est ma fille, et si Hannah veut partir, Bay reste sous ma garde.

— Assieds-toi dans mon bureau, dit Mikhail, et je fais ce qu'il demande.

Ma peau frissonne, et ma jambe rebondit, anxieux de faire quelque chose. Je ne suis pas un homme qui reste assis et attend. Tout en moi souffre de savoir qu'elle est partie, et c'est parce qu'elle est en colère contre moi.

Comment n'ai-je pas pu le voir venir ?

— Reste assis. Laisse-moi trouver Nikita, dit Mikhail et se précipite hors de son bureau et dans le couloir.

Il laisse la porte ouverte.

Madisyn se tient près de la porte.

— Je suis désolée, dit-elle, les mains jointes.

Ses excuses sont sincères, mais elles n'enlèvent pas la douleur et n'atténuent pas ce qui s'est passé.

Reverrai-je un jour Hannah et Bay ?

Même si je les trouve, comment vais-je réparer ça ? Je suis un bratva. C'est une partie de qui je suis. Je ne peux pas simplement m'en éloigner, même si je voulais partir.

Je soupire lourdement et me penche en avant, la tête entre les mains. J'ai royalement merdé.

— Juste quand les choses allaient enfin bien, marmonné-je.

— Ça peut être arrangé, dit Madisyn.

Elle s'appuie contre le cadre de la porte et croise ses bras sur sa poitrine.

— Comment ? Je la regarde fixement.

— Explique-lui, dit Madisyn.

Elle est calme, mais elle savait depuis le début que Mikhail était le chef de la bratva.

— Je ne pense pas qu'un bouquet de roses et des excuses arrangeront la situation.

— Des chocolats, plaisante Madisyn avec un sourire.

Je ne souris pas.

— Ce n'est pas drôle. (Comment peut-elle rire ? Oh c'est vrai, ce n'est pas la vie de son enfant qui s'est envolée.) Je t'en veux.

— Moi ? Qu'est-ce que j'ai fait ? Madisyn se moque et s'avance dans le bureau, se tenant devant moi.

— Tu es amie avec Hannah.

— Et ? Elle me fixe du regard. Qu'est-ce que ça a à voir avec tout ça ? Je ne vous ai pas présentés tous les deux.

Je serre la mâchoire, l'ignorant alors qu'elle reste là et vole mon espace personnel.

— Recule, grogné-je, je veux de l'espace et qu'on me laisse tranquille.

— Très bien, souffle Madisyn et s'en va en tapant du pied comme une gamine.

Il n'y a pas de moyen facile de réparer ce qui s'est passé. Supplier n'est pas mon point fort. Je suis habituellement direct et je prends ce que je veux, mais Hannah ne va pas retomber dans mes bras parce que je lui dis que je la veux dans ma vie.

Tandis que je reste assis en silence, Mikhail ne revient pas avant un certain temps, retrouvant Anton et lui donnant l'ordre de pirater les caméras routières. Je n'avais pas réalisé qu'il pouvait pirater quoi que ce soit, mais peut-être qu'il a contacté l'associé qui s'occupe de ce type de travail.

Mon téléphone vibre avec une alerte. Je tire mon téléphone de la poche de ma veste, ne sachant pas à quoi m'attendre. La plupart des alertes sur mon téléphone sont silencieuses, comme les sms et les emails. La notification m'avertit qu'il y a du mouvement à l'appartement.

L'appartement d'Hannah.

— C'est quoi ce bordel ?

J'ouvre l'application et je vois en direct Hannah et Bay dans le salon de l'appartement.

Heureusement, le corps de Mark a été enlevé, et les preuves de notre implication ont été nettoyées.

J'allume l'audio, en m'assurant de ne pas activer le microphone pour qu'elle ne puisse pas m'entendre.

— Que fait-elle ? dis-je, en la regardant fouiller dans l'appartement.

Nous avons déjà pris un tas de vêtements et des jouets pour Bay.

Hannah n'emballe rien. C'est comme si elle cherchait quelque chose.

Je ne peux pas m'asseoir et regarder, en attendant de voir où elle va aller. Je me dépêche de sortir du bureau de Mikhail, le frôlant dans le couloir.

— Elle est à son appartement, dis-je en me précipitant vers le garage pour prendre les clés de la voiture.

— Qu'est-ce qu'elle fait là-bas ? demande Mikhail.

— J'en sais rien, mais je prends ça comme une victoire. Je dois juste y aller avant qu'elle ne trouve ce qu'elle cherche et ne parte.

Je me dépêche de traverser la ville, brûlant plusieurs feux de signalisation et panneaux stop pour arriver à l'appartement d'Hannah avant qu'elle ne soit partie.

Je cours dans les escaliers, sans attendre l'ascenseur. Il n'y a que trois étages à monter. En approchant de la porte, je lève la main et frappe fermement.

Va-t-elle s'enfuir ?

Elle ne prendra pas Bay par l'escalier de secours, et les fenêtres sont trop hautes pour pouvoir sortir en douce.

Il y a du mouvement de l'autre côté de la porte, mais elle ne vient pas ouvrir la porte ni voir qui frappe.

J'essaie la poignée, mais elle est verrouillée. Peut-être que je ne devrais pas être surpris, mais je tape à nouveau sur la porte plus fort.

— Hannah, il faut qu'on parle.

Ses pas sont bruyants lorsqu'elle s'approche de la porte, déverrouille le loquet et tire sur la porte pour l'ouvrir.

— Qu'est-ce que tu veux ?

— Je peux entrer, ou tu veux que tes voisins entendent tout ?

Le regard d'Hannah se crispe, mais elle s'écarte. Ses lèvres sont pincées, et elle croise ses bras sur sa poitrine.

— Bay, ma chérie, va dans ta chambre quelques minutes.

— Je veux pas, se plaint Bay en me fixant. Mama est en colère contre toi.

Ouais, petite, dis-moi quelque chose que je ne sais pas déjà. Je me penche à la hauteur de Bay.

— Et si tu écoutais ta mère ?

J'ébouriffe ses cheveux, et elle s'échappe de ma prise avant de courir vers sa chambre.

— Peu importe ce que tu es venu dire, je ne veux pas l'entendre, dit Hannah.

Elle me tourne le dos et continue de fouiller son appartement, ouvrant les tiroirs et mettant l'endroit en pièces.

— Qu'est-ce que tu cherches ?

A-t-elle de l'argent liquide ou une deuxième série de papiers et de documents à me cacher ?

— Le stupide compte que vous prétendez que Mark a aux Caïmans, dit Hannah. Si je te trouve les informations sur le compte, tu nous laisseras tranquilles, Bay et moi ?

— Je me moque de l'argent.

Mikhail pourrait ne pas être d'accord avec moi, mais ce n'est pas une question d'argent avec Hannah. C'est à propos de mon enfant. Je veux Bay dans ma vie. Est-ce qu'elle ne le réalise pas ?

Elle me jette un coup d'œil par-dessus son épaule pendant qu'elle démonte le bureau de l'ordinateur. Chaque tiroir est sur le sol. Elle cherche un faux fond, mais je doute que Mark ait caché la preuve dans son bureau. Ce serait trop évident, même pour lui.

— Pourquoi es-tu là ? demande Hannah.

— Je n'ai jamais voulu que tu partes.

— Et la lettre ?

Elle me tourne le dos une fois de plus. Elle ne veut pas me faire face. Je peux sentir sa colère, peut-être même son ressentiment, pour m'avoir fait confiance.

— Je ne l'ai jamais ouverte. Je l'ai peut-être mis dans la poche de mon manteau, mais c'est tout ce que j'ai fait.

Elle se moque de ma suggestion que je suis innocent dans tout ça.

— Tu l'as prise dans mon appartement et tu ne m'as rien dit.

Ce n'est pas une question mais une accusation.

— J'aurais dû te le dire, dis-je en m'abstenant de trouver des excuses.

— Tu avais prévu de me la donner ? demande Hannah, en se retournant pour me faire face.

L'enveloppe est dans ma poche, son contenu me brûle alors qu'elle en parle, et je retire lentement la lettre et l'enveloppe de ma veste. Elle est ouverte, froissée, mais encore lisible.

— Il n'y avait pas de mauvaise intention, *Zaya*.

— Ne m'appelle pas comme ça ! (Elle m'arrache la lettre des mains.) Ca ne t'appartient pas.

Elle a raison, la lettre lui était destinée, et même si je l'ai prise pour la protéger, je comprends qu'elle ne le voit pas de cette façon.

Aucune excuse n'y changera quoi que ce soit, et je ne suis pas un homme qui implore le pardon.

— Tu peux me détester autant que tu veux, mais j'ai le droit de voir ma fille.

Elle secoue la tête, ses joues sont rouges. Elle est enflammée et sur le point d'exploser comme un volcan. Je devrais reculer, battre en retraite, trouver un terrain d'entente et remettre cette dispute à plus tard.

Mais je ne suis pas un homme qui recule ou qui se détourne des situations difficiles. J'y fais face quotidiennement, même si elles n'impliquent généralement pas ma famille.

— Tu n'as aucun droit, Luka ! me crie Hannah.

Je m'approche, je comble le vide entre nous, je brise la distance et je la surplombe. Un homme intelligent saurait qu'il faut lui laisser de l'espace, mais je suis plus intéressé par le feu dans son regard. Elle se brisera, et quand elle le fera, je serai celui qui ramassera les morceaux, même si cela signifie la démolir d'abord.

— Je suis son père. Le tribunal dira le contraire.

Sa mâchoire se décroche, et elle me bouscule en me dépassant et en se dirigeant vers la cuisine.

— Vas-y, traîne-moi au tribunal. Je vais leur montrer les preuves que tu es impliquée dans le crime organisé. Tu ne reverras plus jamais Bay.

— Tu bluffes. Tu n'as rien du tout. (Je la suis dans la cuisine, la faisant reculer contre le comptoir.) Si c'était le cas, tu ne crois pas que les fédéraux ou les flics frapperaient à ma porte ? C'est pour ça que tu es revenue ici ? Tu cherches des preuves sur moi ?

Hannah prend une grande inspiration et frissonne.

La pièce n'est pas froide, à l'exception de son regard glacial lorsqu'elle se moque de moi.

— Je te déteste.

— Dis-moi ce que j'ai fait pour mériter ta haine ? J'incline légèrement la tête, la regardant fixement.

Son dos est contre l'îlot de la cuisine. Elle me regarde, sa langue sort, effleurant le bord de ses lèvres.

— *Zaya* ? (J'attends sa réponse. Je devrais peut-être lui rappeler tout ce que j'ai fait pour elle, l'aider et la protéger, elle et notre enfant.) Je t'ai offert un abri, un foyer, la protection contre un homme qui t'a emprisonnée.

Elle ouvre les lèvres, et un lourd soupir s'en échappe.

— C'est fort.

— Ai-je tort ?

Hannah ne peut pas répondre à mon regard. Elle sait que j'ai raison. Je lève la main et pose mon pouce sous son menton, guidant son regard vers moi.

— Il t'a blessée, brisée, et tu penses que c'est moi le monstre ?

— Tu es un criminel, dit Hannah.

Il y a une lueur de peur derrière ses yeux bleus. Elle a peur de moi. Qu'ai-je fait pour mériter sa peur et son dégoût ?

Je ne parlerai pas de mes crimes, certainement pas sous son toit. Les caméras fonctionnent toujours et enregistrent. N'importe qui peut intercepter le signal, y compris le FBI.

Bien que je ne l'ai pas vue courir vers eux, je ne peux pas être certain qu'ils ne regardent pas. Madisyn a des liens avec le FBI, et même si elle a laissé cette vie derrière elle, qui peut dire qu'ils nous ont laissés derrière eux ?

— Tu me crains pour les mauvaises raisons, dis-je.

Elle soupire lourdement, et ses sourcils se froncent. Hannah fait glisser sa lèvre inférieure entre ses dents, une habitude nerveuse que je la vois faire bien trop souvent. Récemment, sa frustration était dirigée contre Mark, ce que je pouvais supporter, mais Hannah qui me méprise est quelque chose de tout à fait nouveau, et je n'aime pas ça.

— Vraiment ? Les mauvaises raisons ? Dis-moi que Mark a tort, et que tu n'es pas un bratva.

Je ne vais pas lui mentir. Hannah mérite la vérité.

Le silence est mon aveu de culpabilité. Je retire ma main de sa mâchoire. Son regard brûlant est suffisant pour me retourner l'estomac. Je n'ai pas besoin de la forcer à me regarder.

— As-tu aussi tué Mark ?

— Je n'ai pas eu besoin de le tuer. Il est tombé raide mort dans le salon.

C'est la vérité. Peut-être que je n'ai pas aidé à le réanimer, mais ce n'est pas un crime. Cet homme méritait de mourir, et j'ai eu de la chance que ça arrive au bon moment, avant qu'il ne puisse blesser Hannah à nouveau.

— Je ne te crois pas, dit Hannah.

Je devrais reculer et lui laisser un peu d'espace, mais je ne le fais pas. Au moins, avec son corps piégé contre l'îlot, je sais qu'elle n'ira nulle part. Elle ne peut pas s'enfuir tant qu'elle est à ma portée.

Et elle ne me repousse pas.

— Je peux te le prouver, dis-je.

C'est un risque, de révéler les images de surveillance. Nous sommes venus à l'appartement pour malmener Mark. Mais la crise cardiaque, ce n'était pas de notre faute. Je ne l'ai pas tué.

Ses yeux tremblent.

— Comment ?

Elle me scrute. Ses épaules sont droites et en arrière. Sa posture est une tentative de la faire paraître plus forte et plus audacieuse, et pas du tout fragile.

— Après que tu as accepté d'emménager avec moi, on a mis l'appartement sous surveillance. On voulait s'assurer que Mark avait fait ses bagages et était parti.

— Il y a des vidéos de mon appartement ?

Ses mains atteignent ma poitrine, et elle me repousse, s'éloignant du comptoir pour chercher les caméras.

Elles sont impossibles à remarquer. Du matériel de haute technologie et de haut niveau que les agences gouvernementales utilisent dans le monde entier. Ce n'est pas donné, mais il n'y a pas de prix trop élevé pour la sécurité de ma famille.

Je sors mon téléphone de ma poche et j'ouvre l'application. Honnêtement, je ne suis pas sûr que lui montrer les images soit dans mon meilleur intérêt. Elle ne savait pas que j'étais à son appartement lorsque Mark a eu une crise cardiaque, mais si elle pense que je suis la raison de sa mort parce que je l'ai assassiné, cette idée doit être écartée.

Je passe la partie où j'entre, je pointe un pistolet sur la tête de Mark et je lui fais saigner le nez. Elle n'a pas besoin d'être témoin de la violence. J'appuie sur play et lui tend mon téléphone.

Elle halète et jette un coup d'œil en direction de l'une des caméras pour retourner au téléphone tandis que la scène se déroule.

Je fais un pas en arrière.

— Maman ? Bay passe la tête hors de la chambre.

— Retourne dans ta chambre, Bay ! Hannah gronde sa fille en pointant la direction de la chambre de la petite fille.

Bay ne bouge pas. Elle se tient debout dans sa salopette avec ses couettes. Ses chaussures ont depuis été enlevées, ainsi que ses chaussettes. Bay doit avoir enlevé ces vêtements pendant qu'elle était dans sa chambre.

— C'est ennuyeux, dit-elle en marchant vers moi avec un énorme sourire. Je veux mes jouets.

Hannah met la vidéo en pause lorsque Bay s'approche, pour s'assurer qu'elle n'est pas témoin du même événement que Hannah regarde à l'écran.

Je me penche au niveau de Bay et je la chatouille.

— Papa ! crie-t-elle en se tortillant dans mes bras.

J'entoure la petite tigresse de mes bras et la câline.

Hannah éteint l'écran de mon téléphone, elle en a vu assez. Elle me rend mon téléphone. Je ne suis pas sûr que la vidéo l'ait convaincue que je ne suis pas le méchant qu'elle croit que je suis.

— Bay, viens ici, dit Hannah.

— Non ! crie la petite.

Bay enroule ses bras autour de mon cou, et je jette un coup d'œil à Hannah.

— Tu devrais écouter ta mère.

Bien que je ne veuille pas laisser Bay partir, je ne suis pas non plus sur le point de kidnapper mon enfant.

Je détache Bay de mon cou, et Hannah s'avance, attrape Bay par terre et la prend dans ses bras.

— Je veux que les caméras soient retirées.

— Je vais demander aux hommes qui ont installé les caméras de les enlever, dis-je.

— Et je veux que tu me rendes tout ce qui est en ta possession, vu qu'il n'y a plus de raison pour Bay et moi de vivre avec toi.

Je fourre mon téléphone dans la poche de ma veste.

— Ce n'est pas parce que Mark n'est plus là que tu dois quitter l'enceinte.

— L'enceinte ? répète Hannah. Ouah. Et moi qui pensais que c'était juste une très belle maison que

Mikhail possédait. C'est pour ça que tu y vis à plein temps, pour protéger ses actifs et ses biens.

J'ignore sa remarque. Elle est en colère parce que j'ai gardé le secret sur ce que je fais, mais comment pourrais-je lui dire sans risquer sa sécurité ?

Ne réalise-t-elle pas que tout ce que j'ai voulu était de la garder en sécurité ?

— Tu devrais partir, dit Hannah.

Je ne veux pas abuser de son hospitalité, même si je n'étais pas vraiment invitée chez elle.

— Ne crois pas que je ne me battrai pas pour la garde de ma fille.

Ses yeux vacillent.

— Luka, s'il te plaît.

Sa voix craque, et je vois sa détermination se briser. Si je lui enlève Bay, elle ne me pardonnera jamais.

— Tu ne peux pas me demander de partir et de ne pas voir mon enfant.

Hannah se dirige vers la porte, indiquant qu'il est temps pour moi de partir.

— On ne va pas avoir cette conversation, dit Hannah.

— Bien, si tu ne veux pas l'avoir maintenant, on impliquera les avocats et le tribunal.

— S'il te plaît, ne fais pas ça, murmure-t-elle.

J'ouvre la porte. Je ne suis pas prêt à partir, et je ne suis pas sûr qu'elle ne va pas s'enfuir. Si elle a peur que je me batte pour la garde, cela lui donne un motif pour disparaître avec ma fille.

Les caméras sont déjà dans l'appartement, mais ça ne m'aide pas à suivre Hannah ou à la localiser quand elle posera le pied dehors.

Je peux demander à un de nos gardes de surveiller l'appartement et de suivre Hannah quand elle sort, mais pour combien de temps ?

— Tu ne vas peut-être pas le croire, mais j'aime déjà follement Bay. Tu ne peux pas la garder loin de moi.

Hannah referme doucement la porte, nous permettant de parler. Elle pose Bay alors que l'enfant se tortille et s'agite pour se libérer.

La petite tigresse se heurte à mes jambes, me renversant presque, gloussant avant de décider que c'est une bonne idée de grimper sur moi comme à un arbre.

Les épaules d'Hannah s'affaissent.

— Je ne veux pas que ce soit un combat pour la garde, Luka.

— Moi non plus. Je ne vais pas me battre contre toi pour la garde complète. Je ne veux même pas que ce soit un combat, clarifié-je. Reviens à la maison avec moi, laisse-nous surmonter ce qui se passe et définir notre relation ensemble.

Elle croise ses bras sur sa poitrine.

— Mis à part le fait que tu m'as menti, est-ce que c'est sûr pour nous de vivre avec toi ?

Elle sera un million de fois plus en sécurité en vivant avec moi sous le toit de Mikhail, avec des gardes armés et un ancien agent du FBI vivant sur place, que dans un appartement à l'autre bout de la ville qui pourrait facilement être cambriolé.

— Nos gardes sont formés pour assurer la sécurité de tout le monde à l'intérieur de l'enceinte. Madisyn était un agent du FBI. Penses-tu qu'elle vivrait avec

Mikhail et élèverait un enfant dans la maison si ce n'était pas sûr ?

Hannah est silencieuse, elle analyse mes paroles en jetant un coup d'œil dans la direction du couloir.

— Tu n'as vraiment pas fait de mal à Mark ? demande-t-elle. Parce que tu étais là, tu as vu ce qui s'est passé.

Elle ne doit pas avoir regardé la vidéo dans son intégralité. Je ne lui ai certainement pas montré la vidéo de notre entrée sur les lieux.

— On a appelé les secours, dis-je. (C'est la vérité, et si elle avait regardé la vidéo, elle aurait vu que nous avons fini par appeler les secours. Ce n'est peut-être pas au moment où Mark s'est effondré sur le sol, mais nous avons appelé une ambulance.) Rentre à la maison, Hannah, laisse-moi te montrer l'homme que je suis.

— Autre qu'un monstre ?

— Je n'ai jamais prétendu être quelque chose que je ne suis pas. Tu es venue me demander de l'aide pour Mark.

Elle jette un coup d'œil au sol.

— Je courais vers Madisyn. Je ne savais pas que tu serais là.

— Je t'ai déjà fait du mal ? demandé-je, la fixant du regard.

— Non, je te connais à peine.

Ce n'est pas ma faute. Elle ne peut pas me reprocher de ne pas m'avoir trouvé plus tôt.

— Que veux-tu savoir ? demandé-je.

— As-tu déjà tué quelqu'un ?

Pourquoi doit-elle commencer par les questions difficiles ?

— J'ai fait la guerre, *Zaya*. Que ce soit avec la bratva ou pour mon pays, des hommes meurent. Je ne suis pas fier des atrocités que j'ai été obligé d'endurer, mais je ne peux pas non plus effacer mon passé.

Cela satisfait-il sa curiosité tenace ?

— Tu es dangereux, murmure-t-elle en me fixant.

Elle a peur de ce qu'elle ne connaît pas, pas de qui je suis vraiment.

— Viens à la maison, laisse-moi te montrer qui je suis. Ne me fais pas dire ce que tu penses que je suis parce que c'est ce que tu as lu ou vu dans les films. T'ai-je déjà blessée physiquement ? Ai-je posé un doigt sur toi ?

Hannah se tait en réalisant que je ne suis pas la bête qu'elle m'a dépeinte.

— Mark était plus un monstre que moi, pas parce qu'il nous soutirait de l'argent mais à cause de ce qu'il t'a fait. Les bleus peuvent partir, mais Mark a laissé derrière lui des cicatrices qui ont besoin de temps pour guérir.

Bay rapproche mes joues comme un poisson, écrasant mon visage et riant. La petite ne semble pas se rendre compte de la tension entre nous, ou peut-être qu'elle essaie d'arranger les choses.

Je l'encourage dans le deuxième cas.

Il y a un lourd silence qui s'abat sur nous. Hannah doit savoir que j'ai raison, que tout ce que j'ai voulu, c'est la protéger, elle et mon enfant.

— Ne me mens plus jamais, dit Hannah.

VINGT-ET-UN

Hannah

Luka est prêt à rentrer chez lui.

— Tu peux partir. Je te retrouve à l'enceinte, dis-je.

Il me lance un regard, mais je l'ignore. Je suis toujours à la recherche des documents bancaires que Mark a dû laisser derrière lui.

— Ça n'arrivera pas, dit Luka.

Mon plan initial était d'offrir le compte avec l'argent à Mikhail et ses hommes. En échange, ils devaient laisser Bay et moi tranquilles.

Mais cela ne semble pas possible. Luka est déterminé à garder Bay dans sa vie, et je comprends son point de vue. Elle est déjà entichée de lui, et il est son père biologique.

C'est ce que j'ai voulu, son implication dans sa vie, dans nos vies.

Mais son implication dans le crime organisé ne calme pas mes nerfs ni mon anxiété. Comment suis-je censée fermer les yeux ? Qu'en est-il de la sécurité de ma fille ? Je ne pourrais jamais vivre avec moi-même si quelque chose lui arrivait.

— Alors aide-moi, dis-je.

— Qu'est-ce qu'on cherche exactement ? demande-t-il en posant Bay sur le canapé.

Elle descend et s'accroche à ses jambes. Ils sont inséparables, et ça ne fait que quelques jours.

— Papa. (Bay s'accroche à ses jambes et il la soulève dans les airs, la faisant tourner avant de la reposer sur le canapé.) Encore.

— Encore ? demande Luka, en accordant toute son attention à Bay.

Il sourit, ses yeux brillent, et c'est honnête et authentique. Sans aucun doute, il aime ma fille– sa fille.

C'est comme si Bay avait réalisé ce qu'elle a manqué et qu'elle se rattrapait en lui volant son attention à chaque seconde. Elle est trop jeune pour comprendre pourquoi il n'était pas là, et partir la blesserait inévitablement.

Je ne veux pas ça pour Bay, et j'ose l'admettre, je ne veux pas non plus que Luka sorte de nos vies. J'ai juste besoin de stabilité. Je ne peux pas constamment regarder par-dessus mon épaule, m'inquiéter du danger que nous pourrions rencontrer parce qu'il y a des hommes qui veulent sa mort.

J'espère que j'ai tort, et que ce ne sont que mes peurs et mes insécurités qui font obstacle à ce qu'il pourrait y avoir.

— Hannah ?

— Oh, c'est vrai. J'ai déjà passé au peigne fin le bureau, la table basse et le meuble télé. Les tiroirs des chambres étaient également vides. Si Mark a volé de l'argent à Mikhail et a un compte à l'étranger, n'y aurait-il pas de la paperasse ?

Luka soulève Bay dans les airs, la retournant à nouveau avant de la laisser tomber gracieusement sur le canapé en peluche.

— Ça pourrait aussi être sur un ordinateur portable, une clé USB ou un serveur cloud. Il n'y a aucune raison pour qu'il ait eu à imprimer les documents, à moins qu'il ait prévu de vouloir des copies parce qu'il allait fuir le pays.

— Il a parlé de notre déménagement à cause de son travail.

Je me pince l'arête du nez. J'ai la tête qui tourne, et j'aurais besoin d'une bonne dose de caféine pour éviter une migraine imminente.

— Peut-être qu'il a imprimé les documents. Où garde-t-il son passeport ? demande Luka.

— Le tiroir du haut de son bureau, mais les passeports et les papiers n'y étaient pas. Les miens ont disparu aussi, dis-je.

Sa mâchoire se serre, il est aussi grincheux qu'il en a l'air.

— Qu'est-ce qu'il y a ? demandé-je.

Mon estomac se noue. Que sait-il ?

— Ça pourrait être rien. Je vais appeler Mikhail et demander à un de ses hommes de vérifier le bureau où Mark travaillait.

— Pourquoi ?

— Tu as peut-être été catégorique sur le fait de ne pas vouloir quitter le pays, mais je soupçonne que Mark avait prévu de fuir et de vous emmener toutes les deux avec lui.

J'en ai fini de fouiller l'appartement si Luka ne pense pas que ce dont il a besoin se trouve dans cet endroit. Je m'installe sur le canapé.

— Pourquoi emmener les documents au bureau ? A quoi ça servirait ?

— Il en avait peut-être besoin pour réserver des billets d'avion pour quitter le pays. Bien sûr, il aurait pu simplement prendre une photo avec son téléphone pour retenir les informations, mais personne n'a dit que Mark était intelligent.

Luka place Bay sur le canapé à côté de moi, et elle grimpe sur mes genoux. Cette fille a une énergie inépuisable. Au moins, lorsque je suis au travail, elle est généralement à l'école maternelle et socialise avec d'autres enfants de son âge.

— Et si on rentrait à la maison ? dit Luka.

Bien que je ne me sois pas sentie comme chez moi chez lui, l'appartement froid me rappelle les menaces de Mark et sa mort récente sur le sol du salon.

Et alors que je ne l'avais qu'imaginé auparavant, un simple coup d'œil à la vidéo suffit à me donner des cauchemars.

Je ne peux pas vivre ici.

— Ok, dis-je en soulevant Bay et en jetant un coup d'œil à ses pieds nus. Où sont tes chaussures et tes chaussettes, petite demoiselle ?

— Je suis une tigresse, dit Bay, en me présentant son plus énorme rugissement et son geste de la main pour prouver sa ténacité.

— C'est toi qui lui as appris ça ? ricané-je, en jetant un coup d'œil à Luka qui me suit dans sa chambre et récupère ses chaussures et ses chaussettes sur le sol.

— Je lui ai peut-être donné le surnom de tigresse.

— Et qu'en est-il de moi ? Que veut dire *Zaya* ? demandé-je.

Je suis sûr que c'est un terme affectueux. Mais je n'ai pas encore trouvé ce que cela signifie.

Luka sourit, ses yeux brillants et pétillants d'humour.

— Je ne peux pas révéler tous mes secrets.

VINGT-DEUX

Hannah

Plusieurs mois plus tard...

— Oh merde ! La voix de Madisyn porte dans le couloir de Steele Concierge Medical.

Je me précipite au coin du couloir, et avant de pouvoir lui demander ce qui ne va pas, je réalise qu'elle est en train d'accoucher. Le sol à ses pieds est brillant et humide. Elle a perdu les eaux.

— J'ai besoin que tu appelles Mikhail, ordonne Madisyn entre deux contractions.

Je n'ai pas le numéro de téléphone de Mikhail sur mon téléphone, et ce n'est pas le bon moment pour le demander non plus.

Elle se concentre sur sa respiration, et je l'emmène en bas à la maternité. L'unité chirurgicale n'est pas un endroit pour qu'une femme accouche, et j'ai beau être infirmière, je ne compte pas attraper le nouveau-né de Madisyn.

J'ai mémorisé le numéro de téléphone de Luka, et dès que j'entre dans l'ascenseur, il répond à l'appel.

— Allô ?

— Mikhail est avec toi ?

— Oui, dit Luka. Pourquoi ? Qu'est-ce qui ne va pas ?

Son allô joyeux s'est transformé en inquiétude.

— Rien, dis-je, ne voulant pas l'inquiéter.

— Ce n'est pas rien ! hurle Madisyn en s'agrippant à la paroi de l'ascenseur, et la réception du téléphone devient mauvaise.

Je recule le téléphone pour voir si je n'ai pas perdu l'appel. Pas encore, mais il est difficile d'entendre quoi que ce soit. Dès que nous arrivons au rez-de-chaussée et que les doubles portes s'ouvrent, Luka est de nouveau en ligne.

— Madisyn est en train d'accoucher, dis-je.

— Je l'ai deviné à ses cris, dit Luka. On est en route pour l'hôpital. Reste avec elle jusqu'à ce qu'on arrive.

Où irais-je sinon ?

— Tu peux passer prendre Bay à la maternelle ? demandé-je.

— Après avoir déposé Mikhail à l'hôpital, dit Luka. Nous sommes déjà dans la voiture et à mi-chemin.

Je ne prends pas la peine de leur demander ce qu'ils faisaient, je ne veux pas parler de leurs affaires.

Je ne veux pas savoir. C'est l'accord que nous avons passé. Il devait cacher ses responsabilités professionnelles pour protéger Bay et moi.

Bien qu'il jure que je m'inquiète trop.

Et il pourrait avoir raison.

Madisyn est emmenée par une infirmière, et je la suis dans le couloir, refusant de la quitter.

— Tu veux parler à Mikhail ? demandé-je, lui laissant une certaine intimité pendant qu'elle est derrière un rideau avec l'infirmière, l'aidant à se changer dans une blouse d'hôpital.

— Il ne vient pas ?

Sa voix monte d'un octave, et l'infirmière ouvre le rideau, la blouse d'hôpital et les vêtements de Madisyn par terre.

— Il est en route.

— Eh bien, dis-lui de se dépêcher !

Une autre contraction la fait gémir et se retourner en agonie.

— Tu ferais mieux d'arriver avant que le bébé ne le fasse, dis-je.

— Oui, chef, plaisante Luka avant de raccrocher.

L'infirmière vérifie les signes vitaux de Madisyn. Je lui laisse quelques minutes pendant que je ramasse ses vêtements sales sur le sol, les place dans un sac en plastique, puis jette un coup d'œil dans le couloir. Pas encore de signe de Mikhail.

— Il est là ? demande Madisyn, en me regardant depuis le lit.

— Il sera là, dis-je, la rassurant que tout ira bien. Mikhail ne va pas manquer la naissance de son premier enfant, quoi qu'il arrive.

Je n'ose pas admettre que je suis jalouse que Luka n'ait pas été là quand Bay est née. Ce n'est pas du tout sa faute ou la mienne. J'ai essayé de le retrouver, mais c'était un homme difficile à trouver.

Et maintenant, je ne veux être nulle part ailleurs qu'avec lui. Nous avançons doucement depuis la mort de Mark, ce qui est mieux. Sauter la tête la première dans une relation peut avoir été bon au début, mais nous devons tous les deux penser à Bay. En plus, comme on ne sait presque rien l'un de l'autre, c'est difficile de ne pas être lié au désir.

Et le désir ne dure pas longtemps. Avec Luka, je veux plus. Pour toujours.

— Je suis là ! (Mikhail se précipite dans la pièce et me frôle en me faisant un signe de tête.) Merci, murmure-t-il et il se précipite aux côtés de Madisyn, lui prenant la main.

Je ne veux pas m'imposer. Je marche discrètement dans le couloir. Je suis près de la porte si Madisyn a besoin de quelque chose, mais elle a Mikhail, les infirmières et le docteur.

Je lui donne de l'espace, de l'intimité, et du temps pour qu'ils se rapprochent. Bientôt, ils seront trois, et leurs vies changeront à jamais.

———

— J'ai raté la naissance ? demande Bay alors que Luka la porte dans le couloir.

Elle câline un ours en peluche de la boutique de cadeaux, l'étiquette encore accrochée à son oreille.

Je pense qu'ils ont pris le cadeau pour le nouveau bébé, mais si j'ai raison, Bay ne va pas vouloir s'en séparer.

— Crois-moi, tu ne veux pas voir ça, plaisanté-je en souriant à Luka et Bay. Merci.

J'apprécie qu'il ait pris le temps d'aller la chercher, rebroussant chemin puisqu'il se rendait déjà à la clinique avec Mikhaïl.

— Bien sûr. Comment va-t-elle ? demande Luka.

— Madisyn ou la petite fille ? demandé-je.

Luka sourit d'un air sincère.

— Ouah. Mikhail doit être surpris. Il avait juré que ce serait un garçon. J'aurais dû accepter son pari.

— Mais tu es un homme bien, dis-je en me hissant sur la pointe des pieds pour l'embrasser. Et tu veux vraiment énerver ton patron ?

— Bien vu.

— Maman !

Bay tend les bras, voulant descendre de Luka alors qu'elle grimpe sur moi comme un petit singe.

— Comment c'était à l'école ? Tu t'es amusée ? demandé-je.

— Je peux avoir une petite sœur ? demande Bay.

— C'est une excellente question, dit Luka, un sourire en coin sur le visage.

— C'est toi qui a demandé à Bay de dire ça ?

Luka lève les mains en signe de reddition.

— Je plaide le cinquième amendement.

ÉPILOGUE

Luka

Six semaines plus tard ...

— Tu es sûre que tu veux mon aide ? demande Madisyn alors que nous regardons les bagues en diamant derrière le comptoir de la bijouterie. C'est la cinquième boutique dans laquelle nous entrons cet après-midi.

Elle jette un coup d'œil à son téléphone, distraite.

— Hannah et Mikhail peuvent s'occuper de Kira.

Ce n'est pas une surprise qu'elle soit inquiète. C'est la première fois qu'elle laisse le bébé et qu'elle sort seule. Bien que, techniquement, elle n'est pas seule. Elle m'aide à acheter une bague de fiançailles.

— Je n'ai juste jamais laissé Kira seule.

— Tu penses que Mikhail ne peut pas gérer le bébé ? demandé-je.

— Non, il est tout à fait capable. C'est juste qu'elle me manque déjà.

— Bien, alors aide-moi à choisir une bague de fiançailles, et on pourra rentrer à la maison.

Elle rit.

— Ça pourrait prendre une vie entière au rythme où nous allons. Est-ce que Hannah sait que nous sommes en train de chercher une bague ?

Je fais une pause quand je vois la bague parfaite et je demande à l'employé de la bijouterie de la récupérer derrière la vitre.

— Elle ne sait même pas que j'ai l'intention de la demander en mariage.

— Des détails ! se pâme Madisyn. J'attends toujours la demande en mariage de Mikhaïl, mais ça ne fait pas si longtemps. Vous deux, vous n'êtes ensemble que depuis quelques mois. Tu ne penses pas que c'est trop tôt ?

Elle regarde la bague de fiançailles alors que le bijoutier la sort de son écrin.

— Arrête d'essayer de me faire peur. J'aime Hannah et je veux passer le reste de ma vie avec elle et Bay. En plus, on essaie d'avoir un autre bébé, et avant que ce petit soit là, je veux rendre ça officiel.

Hannah a peut-être été fiancée une fois auparavant, à Mark, mais elle avait l'intention de l'épouser pour la stabilité, pas par amour. Je n'ai pas ces réserves sur notre relation. Elle a été claire sur le fait qu'elle m'aime dans et en dehors de la chambre.

Je n'ai pas le problème de Mark, l'incapacité de la faire crier mon nom en extase. Non, c'est plutôt le contraire. C'est difficile de la faire taire quand je l'amène à la limite, pour qu'elle ne réveille pas toute la maison.

— Comment vas-tu faire ta demande ? demande Madisyn.

J'examine la bague. Elle sera superbe sur la main d'Hannah. Elle est en or blanc et magnifique, avec un gros diamant au centre et des diamants plus petits le long de l'anneau. Elle coûte plus cher que je ne veux l'admettre, mais elle vaut chaque centime.

— Je n'ai pas été jusque-là, dis-je. Tu penses qu'elle préférerait un grand geste ou quelque chose de petit et privé ?

— Hannah semble plus du genre à préférer une petite demande en mariage privée, mais je veux un grand geste si Mikhail le demande.

— Je m'assurerai de lui faire savoir. (Je ris et lève les yeux au ciel. J'inspecte à nouveau minutieusement la bague, m'assurant qu'elle est parfaite.) Je vais la prendre.

————

Merci d'avoir lu Boss Vicieux. J'espère que vous avez aimé l'histoire de Luka et Hannah. Continuez l'aventure avec Nikita et Lucy dans Boss Possessif.

Lucy Quinn

J'ai pris quelques mauvaises décisions dans ma vie. En haut de la liste, tenter de voler la Bratva russe. Je ne savais pas qui je volais ou dans quoi je m'impliquais jusqu'à ce qu'il soit trop tard.

Les gardes armés à l'entrée auraient dû m'inciter à repartir.

Mais maintenant je ne peux pas partir.

Je suis coincée avec la bratva, forcée de travailler pour eux, sous les ordres de Nikita Krylova.

Nikita Krylova

Cette petite tête brûlée pensait qu'elle pouvait me voler, nous voler aveuglément, et ne pas être punie.

Heureusement pour moi, le pakhan, Mikhail Barinov, m'a laissé choisir comment gérer notre petit problème d'un mètre soixante, aux cheveux bruns et aux yeux verts.

Elle est fougueuse, insolente, et effrontée.

Je suis l'homme idéal pour la dompter.

La briser.

Et la faire mienne.

Boss Possessif est le troisième livre de la série des Frères Bratva. Il peut être lu seul et ne contient aucune tromperie, aucun cliffhanger et une fin heureuse.

CONCOURS, LIVRES GRATUITS ET PLUS DE CADEAUX

J'espère que vous avez apprécié Boss Vicieux et que vous avez aimé l'histoire de Hannah et Luka.

Bien que ce soit ma première série en tant que Willow Fox, je suis publiée professionnellement depuis 2013.

Inscrivez-vous à ma newsletter Willow Fox

Si vous avez apprécié Boss Vicieux, veuillez prendre un moment pour laisser un avis. Les avis aident les autres lecteurs à découvrir mes livres.

Vous ne savez pas quoi écrire ? Ce n'est pas un problème. Ce ne doit pas nécessairement être long. Vous pouvez raconter comment vous avez découvert mon livre : est-ce qu'un ami ou un club de lecture vous l'a recommandé ? Faites savoir aux lecteurs qui est votre personnage préféré ou ce que vous aimeriez voir se passer ensuite.

Merci de votre lecture ! J'espère que vous envisagerez de vous inscrire sur ma newsletter pour recevoir des livres gratuits, des promotions, des cadeaux et des informations sur les nouvelles parutions.

A PROPOS DE L'AUTEUR

Willow Fox aime écrire depuis qu'elle est au lycée (il y a bien longtemps). Ses romances de petite ville reflètent la vie dans une petite ville de l'Amérique rurale.

Qu'elle écrive des romances ou qu'elle s'assoie près d'un feu de camp pour lire un bon livre, Willow aime la magie des mots écrits.

Elle rêve d'être transportée et espère le faire pour ses lecteurs !

Visitez son site Web à l'adresse suivante :

https://authorwillowfox.com